包容的智慧II

修好這顆心

星云大师
刘长乐 著

凤凰出版传媒集团
江苏文艺出版社
JIANGSU LITERATURE AND ART
PUBLISHING HOUSE

要有**惭愧心**，惭愧、知耻才能庄严身心

要有要有**欢喜心**，有了欢喜，人间才没有缺陷

要有**信仰心**，有了信仰，为人才有目标、才有力量

要有**柔软心**，柔软才会包容，才能克刚

要有**忍辱心**，忍辱不自卑，才是至刚至大的力量

雲水人生

·目录·

这颗觉悟的心（代序）

人生是一条激流（序章）·001

◎人生的真相·002

◎与生活的激流融为一体·008

◎明知是“空”为何还要奋斗·013

心治·017

◎为了热爱而来·018

◎“内行”管“内行”·021

◎啐啄同时·023

◎对属下要能懂他·026

◎包容无心的错误·027

◎最高明的管理·029

◎管理学的“学分”·033

◎女性之德，引我向上·036

义利·039

◎锐气藏于胸，和气浮于面·040

◎孝乃成大事之本·043

◎不是“关系”，是“因缘”·049

◎“诚信”是金字招牌·054

目录

◎学习当一个勇者 · 056
◎一碗热汤面 · 060
◎将心比心，怨亲平等 · 064
◎“我”就是自己的贵人 · 068
◎我如善导，导人善路 · 069

财富 · 071

◎不用钱，最有钱 · 072
◎真正的贫穷是坐以待毙 · 076
◎什么都是我的，什么都不是我的 · 079
◎“才”与“财” · 081
◎贵气，“贵”在哪里 · 083
◎从“拥有”到“用有” · 087
◎赚钱不是最高本领 · 090

格局 · 093

◎人生当有大格局 · 094
◎拔尖精神 · 096
◎传播也讲“菩提心” · 100
◎挨骂的气度 · 103
◎有信仰，心中才有主 · 105
◎才智越高越容易陷入自我困局 · 108

圆融 · 111

◎我也可以叫"星云小师" · 112
◎与人宽得和谐 · 117
◎大直若屈，大巧若拙 · 119
◎左右逢源，五环同心 · 121
◎寻求"共生之道" · 122

忍辱 · 125

◎忍让是一种力量 · 126
◎身体就是一座炼钢厂 · 133
◎平心静气接受压力 · 137
◎少一些无谓的争锋 · 139
◎工作越努力，运气就越好 · 143
◎不向如来行处行 · 144
◎不放弃 · 147

舍得 · 149

◎我命在我 · 150
◎人该不该有欲望 · 153
◎习惯控制命运 · 154
◎创新，就是一种"敢"的精神 · 156
◎"有"和"无" · 159

◎积极的人生、退后的人生，都是人生 · 160

◎舍得四问 · 162

笃学 · 165

◎与书无缘最可怜 · 166

◎学习做圣贤与天命无关 · 169

◎不要做现代文盲 · 172

◎写作如同播种 · 174

◎读书是一种实力指标 · 177

◎琴棋书画皆相通 · 180

慈爱 · 183

◎人生就像一只旅行箱 · 184

◎人与动物最大的不同是会微笑 · 190

◎“说出来” · 193

◎精进是成功之本 · 197

◎唯有宁静可安住 · 200

◎素食与慈悲 · 202

◎圣人之道为而不争 · 205

这颗觉悟的心（代序）

84 年前，我出生在江苏扬州一个贫苦的家庭；73 年前，我很幸运地在南京栖霞山寺出家；61 年前，我只身到了台湾。现在，我在 84 岁的时候，能够通过《修好这颗心》和各位读者见面，感到缘分是很重要的。

感谢中华文化养育了我，让我成为一个中国人，也感谢扬州的父老兄弟姐妹和我的父母能给我成长，当然更感谢佛教和世界上所有的有缘人能够成就我。

我和长乐先生结缘，始于 2002 年西安法门寺佛指舍利赴台供奉。2002 年，大陆以“星云牵头，联合迎请，共同供奉，绝对安全”十六字授权，由我联合台湾佛教界共同达成恭请法门寺佛指真身舍利莅台供奉协议，促成了一件海峡两岸文化交流的盛事。正是凤凰卫视的全程直播，使得这一千载难逢的盛事唱响于海峡两岸四地，全球华人得以一饱眼福、同沾法乳滋养。同时也愈加感到两岸只有走和平道路，才是未来中华民族共同的希望。

此后，我俩又在不同的时空因缘下多次见面、合作。2007 年冬天，我与长乐先生在佛光山的山风薄雾之中，连续用几天时间探讨包容的智慧，领悟中华文化和佛教文化的包容之美、忍耐之美、开放之美、融合之美。希望能引人思索：怎样的净化升华是人性的自然，怎样的锤炼提升是人性的回归，怎样的豁达包容是人性的解放？宽容与兼容、忍辱与精进，让社会与人心归于宁静，归于和平，归于和谐。

今年春天，当大地开始滋养万物的时候，凤凰卫视和佛光山联合拍摄了两部纪录片《地水火风 缘起再生》和《地球的温度》，告诉人们，自然万物与人类都是“此有故彼有，此无故彼无”的同体共生关系，人类只有树立了慈爱一切生命的环保意识，地球才能得救。

近两年来，我与长乐先生在深圳、香港、南京等地多次见面、畅谈，于是有了这本《修好这颗心》。

世间的人称赞别人，往往会说：“这个人好伟大，那个人好伟大！”仔细想一想，伟大里面是多少的心酸、多少的苦难，要付出多少的牺牲、多少的忍辱，才能伟大。所以，要想做个有成就的人、伟大的人，就必须要有力量，能忍辱，能布施，能持戒，能精进，能禅定，能有般若，那么就能波罗蜜了。

心，人人都有，却人人不识。心，生生世世、永永远远跟随我们，我们却常常忽视它。佛说，“一切唯心造”，“心外无法”。宇宙间一切万象，人生中一切际遇，莫不是由这颗心所变现、所幻化。不识本心，心随物转，迷障重重；了知自心，境由心转，得大自在。凡圣间的唯一差别，就在于是否有意识、有毅力、有目标的来修正这颗心。

长乐先生曾问我，中华民族要复兴并屹立于世界民族之林，还缺什么？我觉得，道德教育、宗教教育、慈悲、包容是我们缺乏的。讲究心灵的净化，讲究内在的美，不要眼睛向钱看，世界上有比金钱比爱情更好的东西，那就是佛教讲的慈悲，儒家讲的仁义，道家讲的超脱无为，这些都比金钱和名利价值更高。

“佛说一切法，为治一切心；若无一切心，何用一切法”。

我们来到这个世间的最终目的、唯一目的就是修炼这颗心，达到心的觉悟。

这颗觉悟的心，你若能把它归入正道里，它就能发挥很大的力量。

星云　于佛光山

2010 年 8 月

人生是一条激流（序章）

包容的智慧Ⅱ——修好这颗心

人生是一条激流，每个人都是自己的舵手。凡事都不是命定的，每个人都可以自由地改变自己的命运。今日脱下袜和鞋，不知明日来不来！弱者等待时机，强者创造时机。懂得变通，不通亦通。明白无常的道理，就会肯定自己的未来，做自己因缘的主人。

◎人生的真相

长乐先生：人生是一条激流，每个人都是自己的舵手。

在无边无涯的时间空间中，人常常会有无力感和迷茫感，有时感到人如微尘，什么也无法把握；有时又觉得头顶空间太小，无法容纳冲天之志。

所以，英国诗人布莱克说，手掌盛住无限，刹那便是永劫！

他又说，在荒原的尽头，手指可以触天。

这个世界上，一定有一条路是属于你自己的，如何找到这条道路，需要由我们内心的智慧来指引。

对于媒体人来说，证明天空之中的确有路的人，不是诗人，而是科学家。

1923 年，中国境内最早的广播电台——ECO 广播电台开始播音，它是美国人奥斯邦在上海创办的。但不久，北洋政府以其未经政府批准为由，将这个广播电台拆除了。就在中国人对这一新技术充满疑惑，拒绝仰望天空的时候，地球那边的美国人却已经在“瓜分”天空了。

1927 年，美国政府宣布肉眼看不见但又确实存在于天空中的无线电波是“国有财产”。这个决定，使美国从此把世界的信息主权牢牢地抓在自己的手中。沿着这条道路，在不到一百年的时间里，他们使数字化地球雏形显现，全球十大媒体集团美国占了七席，这艘巨大的传媒航母主导了世界传媒娱乐业的发展。今天，美国文化产业的产值达到二万八千多亿美元，几乎接近整个中国的GDP。

谁能想到，对于一个机会的接纳与排斥，会有如此巨大的差距？

有人说，认识自己是认识一切知识的基石。真正认识自己是很难的，改造自己更难。修心是为了让自己更加专注于行动，而不是不行动，或者少行动。

如果人能够建立一种新的时空观和人生观，并由此产生新的智慧，我们能不能不再错过属于自己的机会，把握当下，成就自己呢？

“让三分，心平气和；退一步，海阔天空”，这是彻悟的人生观。

人生呼吸间，生命短暂无常，因此要以有限的时间，充实无限的生命。

“微尘映世界、瞬间含永远”，人类生命的发扬，必须有效地利用时空，在属于自己的极小空间、极短的时间中创造生命的价值。

这是一种古老而又崭新的哲学，一种神秘而又坦诚的方法。我们怎样从另外一个角度，用另外一种价值观，检讨自己的人生，“识自本心，见自本性”呢？

请大师给我们开示。

星云大师：说起来，佛陀也是一个记者，他记录人间的悲苦，传播能够离苦得乐的真理。而我只是效法佛陀，做一个传播者，传播佛教引人向善的教义，也算是刘总裁的同行吧。

人生好比一条“路”，要靠自己走出来，自己走不出自己的路，总是没有把人生活得淋漓尽致，因此每个人都要重视自己的“生涯规划”。人的一生都在追求一个圆满。圆满的人生要有许多方面的成功才能完成。但是，成功有成功的条件，想成功必须先建立良好的观念，否则可能就差之毫厘，谬以千里了。

世间的一切，我们不可以用愚痴、贪心、妄念、邪见去追求，要用智慧去拥有。

长乐先生：自古以来，做人之道首重修心。

星云大师：修心，就是为心找一个可以安顿之处。心安住在哪里呢？安住在钱财上，它可能失去；安住在情感上，它可能会变化；安住在荣耀上，它可能不长久，实在没有一个真正的安乐窝。

佛陀教我们安住在禅定上，所谓“以定安住，一切皆定”。禅的世界，充满洒脱、自在、活泼；禅的风光，可以与宇宙天地永恒并存。

修好这颗心，我开列了下面这些途径：

1. 要有惭愧心，惭愧、知耻才能庄严身心。
2. 要有慈悲心，慈悲就没有敌人。
3. 要有欢喜心，有了欢喜，人间才没有缺陷。
4. 要有孝顺心，有了孝顺，世间才有纲常纪律。
5. 要有信仰心，有了信仰，为人才有目标、才有力量。
6. 要有般若心，有了智慧，才能解决一切问题。
7. 要有柔软心，柔软才会包容，才能克刚。
8. 要有精进心，精进才能立志向前、向上。
9. 要有平等心，才能与真理相处。
10. 要有谦虚心，傲慢的人，永远敌不过谦虚的人。
11. 要有自尊心，尊严是心中的财富，是心中的宝典。
12. 要有和谐心，和谐才能团结人心。
13. 要有忍辱心，忍辱不自卑，才是至刚至大的力量。
14. 要有道德心，道德是做人的品牌。
15. 要有感恩心，有感恩心的人，是一个富贵的人。
16. 要有尊敬心，尊敬是学佛、做人所不可或缺的要素。
17. 要有包容心，能包容，才大、才多、才有。
18. 要有诚信心，有诚信才能得到别人的信赖。
19. 要有勇敢心，勇敢向前，才能开拓另外的世界。

20. 要有恒常心，有恒常心，才不会懊悔、犹豫。

21. 要有惜福心，惜福才会有福。

22. 要有大愿心，有愿就有力量，有愿就能突破难关。

23. 要有仁爱心，仁爱所至，无力抵挡。

24. 要有忠义心，忠肝义胆是天地间的正气。

25. 要有正直心，做人处世，正直为本。

26. 要有利人心，处处为人设想的人，必然受人尊重。

27. 要有专注心，专心注意，凡事能成。

28. 要有结缘心，广结善缘，更有人缘。

29. 要有喜舍心，喜舍是福慧增长之道。

30. 要有无我心，无我则凡事不计较、不比较。

31. 要有诚挚心，诚挚待人，即使吃亏也必得好报。

32. 要有随喜心，随喜顺人乃广交善缘之道。

长乐先生：也有学者将人的多面性概括为七种心，“上进心、正义心、责任心、自尊心、虚荣心、嫉妒心、自私心”，其中上进心是最本能和最有生机与活力的，属于众心之首，而自私心也不是完全负面的，是可以加以调整并为上进心服务的。

甘地说，他最大的敌人是自己。一个人能战胜自己的欲望就会赢得整个世界。从这个意义上说，修好自己的心，是我们与这个世界相处的最重要的事情。

我们追求成功，但是这种成功并不等同于世俗意义上的成就，而是提升自己的智慧，滋养内在的爱与善，与真实的自我、与世间的一切生命建立深刻的情谊。

星云大师：人，是为了使命感才活在这个世界上的！在动物中，狗以看家为使命，猫以捕鼠为使命，鸡以司晨为使命，蜂以酿蜜为使命。牛，拉车负重，这就是它的使命；马，日行千里，这也是它的使命。我们生而为人，怎么能没有使命感呢？生命的意义，乃负有使命感之谓也！

一个人必须有自觉的使命感；有了使命感，才会有责任感，才能克尽职责，才能勇敢担当，才能自我健全。我有一位徒弟，大学毕业后，到夏威夷读硕士，又到耶鲁读博士，花了好多年的时间，终于得到博士学位，非常欢喜。有一天他回来，对我说："师父，我现在得到博士学位了，以后要再学习什么呢？"我对他说："学习做人。"

生命可贵、无常迅速。学习做人，健全人格，自我勇敢担当，才能发挥生命的价值。

长乐先生：大师所说的生命可贵、无常迅速，代表佛教的人生观吗？

星云大师：人生的真相，就在于"无常"。"人无千日好，花无百日红"，这就是"无常"的写照！"月有阴晴圆缺，人有旦夕祸福"，这也是"无常"的意义！

"无常"，就是迁流、变易的意思。世界上的人物你我、有情无情等，哪有不迁流变化的呢？

"无常"，不限于某一人、某一事，它有普遍性的意义；"无常"，不受权力大小的影响，它有平等性的意义。世间万事万物，都有无常的现象，所以说"无常"就是真理。

世界上很多美好的东西，因为有"无常"，所以它是缺陷的。青春美貌，它不能永远常在；名位权力也不能永远拥有。再如金钱财富，随来随去，甚至我人的身体，依科学家的研究，从细胞的组织来看，昨日之我已不是今日之我，今日之我当然也不会是明日之我。不断地迁流，不断地变易，所以都是无常的啊！

"无常"不是完全消极的，本来没有的，因"无常"，也可以改变一切现象。我贫穷，因缘际会，我发财了；我愚笨，我勤劳苦读，一变而成聪明了；本来无儿无女，忽然妻子弄璋弄瓦，儿女成群；本来空旷的土地，集合建材而成高楼大厦，所谓“空中生妙有”，这不都是无常的现象吗？

“无常”不可怕，“无常”也躲避不了！遗憾的是，人一听到“无常”，就如同谈虎色变，难道你惧怕“无常”，就能不受无常的真理的规则吗？

从小看到花开花谢，你在无常里没有得到警觉吗？从小就看到人生人死，你在生死里面还无所体悟吗？所以，吾人当要体悟“无常”，在“无常”里找寻自己的未来：未做完的事情要赶快做好，免得无常到来，未萌其志，未尽其愿；如果是你要做的事，赶快积极去完成，因为你不积极完成，随时无常一到，可谓终生遗憾啊！

长乐先生：这也是每个人都要尽早谋划自己人生的原因。

星云大师：人生，事业，理想，都要靠今天完成，不能把一切事情拖延、寄望于明天。世间的事情，从今天做起，都有希望；等待明天再说，可就很难说了！“今日脱下袜和鞋，不知明日来不来！”

一间房子，没有门出去，长久关闭在里面，怎么会快乐呢？好名，被名枷给捆绑；好利，被利锁给缚住；陷在自私的感情里，就会被爱所执；甚至，一句是非也能左右我们。枷锁能束缚人，主要是当事者不肯放下，甚至还以金枷银枷骄人呢！

有的人，对金钱放不下，做了金钱的奴隶；对物质放不下，做了物质的囚徒。

有的人为了守住一栋房子，养了一只宠物，不肯出外旅行；有的人为了尽孝守墓，荒废了多少年轻的岁月？

被圈圈圈住，被框框框住，所谓“坐井观天”，哪里能看到广大无边的天地呢？

凡事都不是命定，命运操纵在自己的手中，所以只要我们心好，只要我们不侵犯别人，而又能广结善缘，无常亦能使乖舛的命运转好。

长乐先生：大师的意思，是不是说认识生命的真相，必须超越相对的知识，才能达到不知之知的境界？达摩祖师说过，若以不知为知，则无所不知。不知之知，就是智者的智慧。我觉得，这是提升、谋划人生的一种基本方法。

星云大师：般若的真理，不是你说你有理，我说我有理。真理是要经得起印证的。佛教的真理是有条件的：第一，要有普遍性，不是只在这里才有理，在全国，乃至全世界，都是没错的。比方说，人生来要死，这个不会有人否认，没有人生来不死，这是普遍性。第二，有必然性，比方说，一个小女孩，从婴儿慢慢地长成女童、小姐，之后男人追求，做了人家的太太，渐渐地，做了妈妈，再慢慢，就做老太婆。那么这个人究竟是女童，小姐，妈妈，还是老太婆？都是，也都不是。无常变化，这是人人都如此的。世界上没有什么东西是恒常不变的，只要是世间法都会有变化。变也不一定不好，因为世间会变，所以穷不会一生一世都穷，苦不会一生一世都苦；虽然笨拙，只要经过努力，就会改进。

无常，可以改变人生，这就叫般若的智慧，向来如此，普遍如此，必然如此。不是说你有钱，你说的道理就对，我没有钱，我就没有道理。不管男女老少，有钱没钱，有理走遍天下，无理寸步难行。

◎与生活的激流融为一体

星云大师：命运是一个因缘促成的关系，宇宙之间最合理的就是因缘。释迦牟尼佛在菩提树下开悟，悟出了宇宙人生的真理。什么是宇宙人生的真理？就是因缘。这个缘不是“大家有缘千里来相见”、“我们这么要好，有缘分啊”的“缘”，道理没有这么简单。所谓“缘”，有的事情需要原则来完成，结果需要因和缘的助成，有的“有”则需要“空”才能“有”，不空就没有了。所以，缘很深、很妙。

比如我们两个人，你比我高一些，比我胖一点；你是一号，我是二号（笑）。我们彼此有缘，一见到面，就欢喜和信任，相交到现在也有一二十年了。

长乐先生：这种一见面就彼此欢喜和信任的因缘，使我此后不断地寻找各种机会与大师见面，近距离地学习了解大师的人品与学识。

大师和我还有一个共同的地方：大师属兔，我也属兔，两人都是“兔子”，这是非常好的缘分。一些关于属相方面的书说，属兔的人对事物敏感，有坚强的意志和坚定的自信，能有条不紊地、准确地追求自己的目标；爱艺术且具有很强的判断力，容易在文学方面有成就。大师著作等身，似乎证明了这一点。

星云大师：佛教不讲命运，但是很讲缘分、因缘。佛陀说：“未成佛道，先结人缘。”“缘”之一字，意义甚深。结缘就是播种，不播种，将来怎么能有收成？结缘愈多，就好比银行的存款也就愈多；银行的存款多了，还怕事业没有成就吗？世间的一切功成名就，都有原因；而一个人要想成就一番事业，必须要靠因缘。

现在，全世界都可以看见凤凰卫视，我前不久在美国也看到了你们的节目，这说明刘总裁和凤凰卫视结了很多的缘，很成功。我真心希望：每一个人都可以广结缘分。我这个人，天生不善主动与人交往，无形之中丧失许多人缘，念及于此，我从不推辞开始努力。我不长于交际应酬，经常因此被人误会，思及于此，我从直心待人着手学习。我自忖一文不名，无以予人，所以布施所学，教导后人。我自认缺点甚多，愧对十方，因此兢兢业业，三思而行……点点滴滴地改进，将我一步一步地往前推进。我深信在长远的菩萨道上，借着反复琢磨、自我修正，去芜存菁，可以成就像金刚不朽的法身慧命，所以行走于人生逆旅之中，即使面对再大的挫折、再多的阻难，也不曾灰心失意。

长乐先生：在清澈的激流中，我们往往会看到一些小鱼溯流而上的情景，它们为了防止自己小小的身躯被洪流卷走，努力寻找合适的角度，不屈不挠，顶水而进，让人联想到我们普通人在生命长河中的处境。

星云大师：人生的激流，有平缓，也有汹涌，但总结起来只有两条路，一条是善美的天堂之路；一条是丑恶的地狱之路。佛经说：通向天堂的道路有三个条件，一是喜舍，二是持戒，三是禅定；地狱的道路，也有三个原因，一是贪欲，二是瞋恨，三是邪见。我们是要走天堂之路呢，还是要走地狱之路呢？舵就在人自己手中。比如佛法，既是人生之舵，也是人类社会演进，历史长河奔流而下中的舵。因为无论是人类的进化，还是社会历史的发展，抛却过程中的种种反复、波折、倒退，最终演化方向，乃是朝着佛陀所说的包容、慈悲、和平、智慧、良善之路发展。佛法作为一种文化也好，哲学也好，起着舵的作用。

长乐先生：把握生活河流里的舵，就能走到自己想去的地方。1987 年，泰国庆祝国王普密蓬六十岁寿辰，大陆和台湾佛教界的高僧大德前往致贺。那一天的现场，有两个中国人坐得很近，却因为种种原因无法交谈。这两个人，一位是赵朴初老先生，一位是星云大师。但是，因缘这东西是很奇妙的，冥冥之中，一种神秘的力量在牵引他们。

庆典开始后，朴老的夫人突然忍不住咳嗽起来。在气氛庄严、鸦雀无声的会场里，朴老一时歉疚而又无奈。这时，星云大师的弟子慈惠法师微笑着探过身，递去一颗润喉糖。

谁也没有想到，一递一接之间，这颗润喉糖像生命之舵，牵起了两岸的手，温润了两岸的心，如同佛陀的手臂。

当晚，赵朴老特别回赠他的书法大作以示感谢，双方畅谈，欣知彼此在许多事情上都有共识。从此，大陆与台湾佛教界开始了春雨润物般的交往。两年后，应赵朴初的邀请，星云大师率五百名僧信二众赴大陆探亲弘法。

门一旦打开，亲情就浓得化不开。

2002 年，中国政府以“星云牵头，联合迎请，共同供奉，绝对安全”十六字授权，达成了恭请法门寺佛指真身舍利赴台供奉协议，大师您陪同佛指舍利在台供奉三十七天，数以亿计的华人目睹了这样难忘的时刻：道路旁，簇拥着数以百万计的民众，他们以感恩之心汲取着中华文化的力量。一位经历了大地震的台湾乡下妇女，泪流满面合掌而立，让每个看到她的人禁不住心中发烫。

这些画面，使我深切地感到，在拆除政治藩篱，摈弃历史恩怨，弘扬中华文化的事业中，佛教能给人一种超越的力量，带你进入一个更高的境界，让你用人性的、人道的、文化的、容忍的视角，看待一切，从而体悟最高的真理。

星云大师：一粒种子，你把它放到地毯上、桌子上，它不会成长，因为地毯、桌面都不是它的缘分。它的缘分是土地、阳光、水分。一个人也会有自己的缘分，你结过这个缘，人家才会来帮助你，你没有结过这个缘，人家就不会主动帮忙，所以平常要广结善缘。世界上没有单独存在的东西，每个人都要依靠很多的条件、缘分来帮助才能成功。所以，有时候，朋友一句话就决定了对方的命运；一块钱、一个念头就决定了人一生的命运。

人生如一盘棋局。无论是将军或小卒，无论站在哪个位置，都不要小看自己，应尽力发挥所长、用心去做。人生难得，能生而为人需要很大的福报，所以更要懂得珍惜。惜就是爱，了解“惜”的人才能懂得“爱”，所以夫妻要珍惜夫妻之情；朋友要珍惜友情；人与人相处，都要懂得惜缘、惜情。

长乐先生：2010 年 1 月，大师因对和平事业和两岸交流作出贡献而被中华文化促进会授予“中华文化人物”称号，我荣幸地担任了您的颁奖人。当我和您一起站在颁奖台上时，眼前的大师和当年那个身无分文，只身赴台的青年星云交织在了一起。波涛滚滚，海天苍苍，前望故乡，后望故乡，也许有忧伤，也许有彷徨，但是，他用奋斗、用忍耐、用包容，超越了舍弃与不舍弃的阶段，达成了般若的人生。

星云大师：不敢，我只是本着一个出家人弘扬佛法、普度众生的理念做事罢了。我本来就是一个无声无息的、平凡的出家人。星星很小，云也是飘飘的，不过因为凤凰（卫视）在天上飞，所以把我也旷达、升华了，让我因此在中国大陆和世界各地有了名望。我昨天从深圳回香港，海关的办事人员一看到我，就说：哎哟，星云大师啊，赶快办。我说：你认识我呀？他说我看过电视，凤凰播过你的节目。很快地就办完手续，扬手让我通过了，效率很高。

长乐先生：人之一生，离不开与其他人交往。在这个开放的、信息快速流动的世界，我们可能认识很多人，有人说，多认识一个人就如多打开一扇门。但是仔细想一想：你认识的这些人里，谁是你真正的贵人？身处异地身无分文时，谁会第一个给你关怀？你人生失意、倒霉的时候第一个向谁倾诉？突发灾害时，谁会冒着风险第一个来救你？当你离开官位时，谁又愿意陪你在一起喝一杯“凉”茶呢？

所以，朋友贵精不贵多。

以金相交，金耗则忘；以利相交，利尽则散；以势相交，势去则倾；以权相交，权失则弃；以情相交，情逝人伤；唯心相交，静行致远。心交，诚交，实交，人之交往之唯一要素！

◎明知是“空”为何还要奋斗

长乐先生：按照佛教的观点，人生的所有一切，包括幸福、烦恼、快乐、悲伤、财富、贫穷，都会过去。请问大师：明知人生是一个“空”的结局，我们为什么还要奋斗呢?

星云大师：过去的虽然过去了，也还会再来。像春夏秋冬，冬天会过去，春天会再来；像人生，生老病死，老病死了，还会再生。就如时辰钟“1、2、3、4、5、6、7、8、9、10、11、12”，转了一圈，它又会再回来。这个世界永远是一个环形，所谓因缘果报，前世、今生、来世都有关系，来的会来，去的会去，来来去去，去去来来，所谓生了要死，死了要生，生命不死。在我们了解，人死亡的只是身体，物质的东西无常，但是心灵、生命不是，它等于木柴，这个木柴烧了，另外一个木柴又生长了，生命之火一直会延续。所以，为善事、做好人，不要灰心，不要以为死了什么都没有了，都落空了，所谓“一江春水向东流”。不管水流到哪里去了，还会再流回来。

长乐先生：大师刚才所讲人之一生，让我想起一个朋友的短信，叫“八然堂”：忙时井然，闲时自然；顺多偶然，逆多必然；得之淡然，失之坦然；褒则常然，贬则泰然。悟通八然，此生悠然。

大师一定还记得我那位得了肺癌的老友，当时医院诊断说他的生命只有四个月了。在疾病的折磨下，老友越来越烦躁易怒。无奈之中，他弟弟对我说：你和星云大师很熟，能不能带我大哥去见见大师，给他点拨点拨?我知道您非常忙，也很劳累，但人命关天，安抚一位垂危者也很重要，踌躇再三，还是向您说了，您立刻爽快地答应了。见面那天我感冒了，但不愿错过当面求教的机会，就戴着口罩和老友一起去了。

您当时对我们讲了两层重要的意思——

星云大师：生，也未尝可喜；死，也未尝可悲。

在觉悟者的眼中看来，生，是死的延续；死，是生的转换。生也未曾生，死也未曾死，生死一如，何足忧喜？

有些人临死的时候，苦苦恋栈世间的七情六欲，放不下子孙家产，不想死、不肯死，好比乌龟脱壳之被撕裂、被锉刮一样痛苦。佛教不是这样，在佛教里，人死亡之后，脱离了千钧万担的躯壳，感到无比的轻松，就像"行也布袋，坐也布袋；放下布袋，何等自在"一般飘然潇洒，悠游逍遥。

经过死亡的通道，人可以提升到更光明的精神世界里。

长乐先生：您讲得泰然，朋友听得入神。回去之后，我这位朋友的情绪变化很大，非常和顺平静，甚至能用一种诙谐的豁达对待生死。一年之后，这位朋友走了，他的儿子和太太请我转告大师：他走得很安静很坦然。

星云大师：人的一生，都生活在五欲六尘的追逐里。世间什么是我们的？世间有没有永远存在的东西？所谓"真理"，必须符合"本来如此、必然如此、普遍如此、永恒如此"这四个条件。"无常"，就是如此。因为"生死事大，无常迅速"，所以会精进修行；生理细胞有新陈代谢的无常，因此能常保身体的无限活力；"长江后浪推前浪，世上新人换旧人"，人事的新旧更递也是无常的变化，如此社会有机体才能常显生生不息的青春生机。

世界上的一切事物，不但"无常"，而且"无我"。所谓"我"，是恒常不变的实体，具有自我主宰的功能，然而，世界上有没有能单一独立、自我存在、自我决定的永恒事物？当然没有！

能够明白这些真理，人生才能如行云流水般自由自在、任运逍遥。

长乐先生：大师所说，正如达摩祖师的教诲：如果你害怕生活的激流，总想脱离这个激流，表示你执著于激流。你越是与激流拼搏，你遇到的阻力就越大。怎么办呢？应该与生活的激流融为一体，万事随缘，让因果自作定论，这样反而能度过，获得更广阔的空间。

生命是激流，我们只有先认识到此身为人的弱小，才能“向死而生”，勇敢地面对恐惧，面对死亡，在万丈红尘中完成自己的使命，度过不得不过的这一生。

心治

心正则一切皆正，心净则一切皆净。治人先治心，心治则身治，身治则一切皆治。不是用规矩来要求人，是尊重、包容、平等，彼此立场互换，要让人“感动”后心甘情愿地发心奉献，是一种“无为而治”。

◎为了热爱而来

长乐先生：佛光山在全世界有二百多个道场，有来自世界各地之出家弟子千余人，全球信众有数百万之众，有人说您是公认的管理大师，您研究社会上流行的管理学吗？

星云大师：不研究。情况、信息瞬息万变，各人的心、各人的性格有种种不同，没有模式和模型的，假如说有模型的话，就是尊重人、对人好，视人如已，将心比心，他就是我，我就是他，不要对立，这就是最好的管理。佛法讲究慈悲、鼓励、尊重，这都是很好的管理方法。

“心”是万物之本，没有把根本管理好，只管理枝末，人生当然不会圆满。能把自己的心管好，心正则一切皆正，心净则一切皆净，心善则一切皆善，这才是最重要的管理学。

当一个人连自己的身心都无法管好时，又怎能管理他人之事？

长乐先生：有位管理学家大前研一说：“知识来自于先驱者们的研究与经验，是在反复试验、反复失败的摸索中获得的。如果已经得到明确的知识，则说明这块新的竞争领域已经被无数人造访过，已毫无商机可言。此后的商务专家必须比以前更加怀疑常识，并且抛弃现有知识，也就是坚决养成‘不学习’的习惯。”

强调适应变化，这大约就是大师不研究所谓“管理学”的原因。

我觉得，“管心”的一个重要方法就是激励员工内心的激情与渴望。

激情是事业成功的一个很重要的因素，不甘平庸的人特别需要激情这份营养大餐，从而保持内心的强大和尊严。

爱因斯坦在庆祝德国伟大的物理学家普朗克 60 岁生日时说，促使普朗克不顾一切地献身科学事业的动机并不能完全归因于他的非凡的意志力和修养，“去做这种工作的精神状态与狂热信仰宗教的人或谈恋爱的人相类似”。

星云大师：任何企业都需要全心投入的员工。趋势科技资深执行副总经理陈怡蓁小姐曾和我说起她与先生到日本佛光山本栖寺时看到的一件事情。当时，寺里枫叶飘零，她看见有位师姐不停地清扫，但是动作远不及落叶快速，分明是愈扫愈多。陈小姐的先生忍不住劝对方别扫了，没想到那位师姐幽了一默说：“愈多愈好，这样福报愈多！”陈小姐认为这就是执行力的源头——每个成员皆充满热诚、欢喜。如果每个企业的员工，都能如此热爱自己的工作，所追求的不只是金钱回馈，而是成就、满足感，相信所展现的必是持续不绝的执行力。

长乐先生：成就感是一种更高层次的自我实现。我认为一个有激情的企业，它的文化应该是：在这里工作是一项殊荣，一种事业，而不是一个谋生的工作。新员工进入这里工作只有一个标准，为了热爱而来。有了热爱，才能焕发潜能。

星云大师：有人说，一个企业的成功，30% 靠策略，40% 靠执行力。“执行力”是什么？建华金控执行长卢正昕先生说：“执行力的定义是‘积极参与，全力投入’。”全力投入是身口意总动员。执行力的落实首先要“用对的人才”，其次得用“对的策略”，最后是“完成对的营运”。他认为今天这个时代，单打独斗闯不出天下，一定要有一群具有共同目标、愿景，加上有强烈企图心和执行力的人，集合众人之力才能创造财富。

长乐先生：有人说我是“榨汁机”，其实“榨汁机”也有深奥的学问：怎样让每个员工都有“汁”可榨，并得到与榨出的“汁”相对应的社会回报？作为领导者，要做的就是让每一个人尽兴表演，甚至不告诉他怎样表演，只交给他一个舞台。我着力营造的是这样一个管理公式：压力 + 动力 + 空间 = 出奇的效果。

记者向来是一个高风险的行业。有人说，凤凰的记者事事都向前冲，不是敬业，而是商业电视台“敬钱”、“敬名”的表现，还因此感到“莫大的悲哀”。我想：媒体真正的“莫大的悲哀”是什么？不是所谓的“敬钱”或“敬名”，而是缺乏职业精神，缺少专业主义激情。富有职业精神的记者在突发事件现场是可能失去生命的，没有生命，钱和名有什么意义？我们的记者上前线时，不少人是悄悄写下遗书的。论身份和收入，他们可能是“白领”或“金领”了，所以，钱和名无法解释这些记者的灵魂和作为，甚至是对他们的亵渎，相反，这是激情的效应。

星云大师：就如佛光山的事业，这份事业既是我的，也是属于大众每一个“我”的。因此从开山以来，佛光山所有设施都是随顺信徒所需而兴建，一切重大计划都是经过大家开会来决定，乃至典章制度里的每一则条文，也莫不是在公开的场合中通过公布。1985 年，我依章程退位，将住持之职交由第二代接棒，许多信徒前来哭跪请留，都无法挽回我坚决的意向。经云：“依法不依人。”大家是否都能在平等的“法”中，看到佛教的本质与未来？

佛教主张“法不孤起”，所以既不执著一法一人，也不舍弃一法一人，正因为佛教的本质如此，因此才能结合众缘，不断突破，创造远大的未来。

我虽然已经退位，不是住持，但我还是徒众口中的师父，还是佛光山的一分子，因为师父是永远不会退位的。所以当常住需要我时，我还是义不容辞地提出建言；当弟子请求我时，我也愿意为大众排难解纷。

长乐先生：大的事业离不开小的人性。人是孤独的，同时又是与他人同时存在的，如何集合众人的力量经营好你的团体是非常重要的。

成功的企业应该是以“人性”团结人，以“人性”感动受众。为了共同的热爱走到一起，才能同舟共济。团结一致不是道德、伦理的要求，它是自然界、宇宙中最常见的一种现象，也是最神秘的一种力量，如能掌握这样的力量，一定能成就盖世功业。

◎“内行”管“内行”

长乐先生：我的职业生涯开始于广播媒体，然后下海经商，最后又回到了媒体这一行。即使现在身为传媒商人，我仍然有到新闻第一线冲锋陷阵的冲动。做新闻是我与生俱来的强烈愿望，我对自己现在的工作状态不太满意：每天90%的时间花在内部管理、资金运作上，只有10%的时间来关心节目内容。但是，这10%已经让我很亢奋，很投入。每当碰到突发事件或重大报道，我的第一反应往往是：“如果我是记者……”，而不是“如果我是管理者……”。尽管这样有时会妨碍内部管理，但我认为这才是真正的“内行”管“内行”。

有人评价我说，投资凤凰，我只用了10%的财力，却花了90%的精力。这是因为我对自己的定位始终是一个媒体人———以前是记者，现在是媒体商人。一个人到了一定的阶段，资本积累和事业成就感完美地结合才是境界。这时考虑的不再只是投资回报率，也不是如何增加市值，而是一种自我实现、自我满足。

星云大师：对于徒众，我从不以领导者自居，而总是循循善诱，观机逗教。因此大多数弟子都心甘情愿、死心塌地服从领导，在工作岗位上勤奋精进，但也有些弟子表面顺从，心中却存深厚我见，对于这类人等，我也只好装聋作哑，忍痛见他受挫以后悔不当初。

偶尔，我也让一些弟子有机会充当我的管理人，让他们高兴一下。所以，有时在走路时，听到他们善意地要我向前退后，我都无不遵守；吃饭时，听到他们好心地要我吃这吃那，我也咸皆从命；乃至在开会时，弟子提出佳见，我均从善如流；在做事时，徒众另有良策，我也随喜接纳。也许正因为我与生俱来这种"被人领导"的性格，所以能与弟子融洽相处，和合无间。

至于我所创设的佛光会，各地协会、分会的会长、干部等，大多为事业有成的社会精英，大家在一个佛陀的人间佛教信仰下团结合作，所以我对于他们的领导也仅限于信仰上的指点，其他如感情、事业、友谊、婚姻等问题，我都避免干预。由于彼此认清界分，所以能凝聚共识，发挥力量。

在丛林中，住持虽贵为一寺之主，但举凡进出道场都要遵守客堂规矩，事先告知头单知客；早先出家的师兄即使年至耄耋，亦须遵从工作伦理，服从序级较高的师弟领导行事。这就是佛教界的长老担任"领导人"和"被领导人"，以法制为尊，不计较名位的典范。放眼古今，可说最合乎工作的伦理，最合乎做人的艺术。

所谓"世事通达皆学问"，人间何处不是我们学习的榜样？你看！红花必须要有绿叶的陪衬，才能显得出整体的美感；明月也必须要有众星的点缀，才可以表现出夜色的美丽。"被领导"是一门很大的学问，"被领导者"能做得称职中矩，将一己融入别人，遍入大我之中，也是在扩大自己，成就自己。

◎啐啄同时

长乐先生：凤凰驻莫斯科首席记者卢宇光出道很早，他最早是部队的战士报道员，后来赴莫斯科读书深造并留在那里工作。

2002年10月23日，五十多名车臣蒙面武装匪徒在莫斯科东南部一家剧院劫持了八百多名观众，他们向当局发出最后通牒，要求俄军全部撤出车臣。双方在僵持了近六十小时后，俄当局于26日清晨果断出手，在四十分钟内制伏了恐怖分子，除少数恐怖分子被俘和逃脱外，以巴拉耶夫为首的五十名匪徒均被击毙。七百多名人质安全获释，另有一百一十八人伤亡。

在这场震惊世界的人质事件中，刚加入凤凰的卢宇光冒死深入一线，拍摄了大量惊险的镜头，三天内连升三级，从"特约记者"到"记者"再到"首席记者"。但是，他毕竟不是科班出身，缺少严格的专业训练，在后来的采访拍摄中经常露出业余的尾巴。比如，别斯兰人质危机的报道中，现场到处散落着被害儿童的作业本和鞋子，卢宇光虽然在报道里提到了这些，却没有想到进一步深入做文章。而资深记者吕宁思到现场后，马上对着镜头举起了一个名叫"安德烈"的男孩的作业本，上面贴着卡通人物画，还有做错的算术题：9－2＝4。孩子的天真无邪，反衬了恐怖分子的凶残。

对卢宇光，我们的对策就是放手使用，及时点拨，打一仗进一步。为此，他的直接领导给他交任务时，往往第一句话是"宇光，立功的时候到了"。第二句话是"如果干不好，就不要怪老板炒你的鱿鱼"。有时卢宇光拍的画面不好看，有人就会给他打电话，说："现在凤凰卫视发现不好的画面，领导就会问：这是谁拍的？怎么比卢宇光的画面还难看？"说得卢宇光脊梁沟里冒汗，只好发奋苦练。现在他拍回来的画面质量已经非常专业了。

星云大师：一般人到了寺庙，才入门，迎面而来的就是一位胖胖的、笑眯眯的弥勒佛，用慈悲的笑容迎接你；弥勒佛身后，则往往可以看到一位威武凛然，手执金刚降魔杵的将军——韦陀天将。意思就是说：佛教是用大慈悲摄受你，尽量给你欢喜，给你满足；但是，如果你依然冥顽不化，只得用力量来度化。这就好像我们每一个人的父母，通常父亲都会比较严厉，母亲比较慈悲，而严厉的折服、慈悲的摄受都是人成长过程中所需要的。

佛门有一句话："啐啄同时。"育人要宽严适度，恩威并济。《禅林宝训》有一句话："妁之妪之，春夏所以生育也；霜之雪之，秋冬所以成熟也。"也就是说：春风夏雨，可以使万物生育；秋天的霜，冬天的雪，也可以助长万物成熟。

长乐先生：鸟蛋快要孵出小鸟的时候，小鸟在壳里嗑，叫"啐"，母鸡在壳外嗑，叫"啄"。啐啄同时，配合得好，新生命于是产生。员工自己的功夫到了一定的程度，当领导的就要适时点拨，这个力道、时机都很重要。重了伤害员工的自尊和自信，轻了起不到效果；太着急容易拔苗助长，太晚了就于事无补，所以作为管理者，要心中有尺，尺度在心。心静则尺平，心明则尺准。

星云大师：在管人上，我还有一个观点，就是想"多管人"必须先"少管人"，想"多办成事"必须先"少管点事"。四十年前，我担任佛光山佛学院院长，美国白雪溜冰团将到高雄表演，全市轰动，听说学生廖秀姬很想去看一看，甚至还告诉同学："这一次要是无法去看，我会终生遗憾。"但是佛教学院的学生在上课期间是不可能准假外出的。过了两天，我请她到院长室来："你帮我跑一趟高雄买一些文具，买完后，剩下的三百元，你就顺道在市区玩玩再回来，不必再向老师请假了。"这时，她笑得好开心，欢喜道："是！谢谢院长，我明白您的意思了。"从此，她安住在学业上，努力用功。

"处人不可任己意，要洞悉人之常情；处事不可任己见，要明白事之常理。"管理，其实就是要"帮助你"。就像洗衣服一样，必须搓揉洗涤才会干净。自己无法改正的坏毛病，就需要别人适时的帮助。如何做好管理，有三个原则：

一是用“情”管理。父母管儿女要有爱，老师管学生要能保护他，长官管部下也要给予关心。人心是肉做的，用爱、用情来管理，才能赢得人心；没有爱心，对方不服气，就难以管理了。

二是用“理”管理。有时太重情爱的管理，无法折服对方，这时就必须讲究“理”了。家庭有伦理，则长幼有序、尊卑有别、上慈下爱；职场有伦理，则上下和谐，做事有条理计划，被管理的人也会心甘情愿地服从。

三是用“法”管理。如果道理行不通，只得仰仗于“法”了。国家订有法律，军有军法，商有商法，教育有教育法，法能公平地把人和事都管理好。

人我之间也常有“见不得人好”的劣根性。看到别人比自己漂亮，比自己有学识、有能力，或看到别人升官发财，就嫉妒他、打击他、障碍他，这般损人又不利己的行为，人际关系当然不会和谐。人，一旦有了计较、比较之心，有了人我的利害得失之心，即使亲密如家人，恩爱如夫妻，也不能避免互相斗争。人之所以会有纷争和不平，往往是因为你我的关系不协调。不懂得如何善待“你”，也不知如何修持“我”，甚至还强烈分别“你”和“我”，因此产生“爷爷打孙子，自己打自己”以表示“你打我儿子，我也要打你儿子”的愚痴行为。与人相处，要把你当做我，你我一体，你我不二，如果能常常将心比心，互换立场，互相尊重，互相帮助，自然能化戾气为祥和。

此外，和人相处共事，看到别人有一点长处，要生起恭敬心，当自己不如、自己不能、自己不知、自己做不到时，更要心存恭敬，欢喜赞叹。有些人因为卑慢而处处自我防卫，甚至摆起架子，凡事都拒绝，凡事说“NO”。拒绝人情，拒绝因缘，主要是由于能力、慈悲、道德不够，一个人如果经常拒绝一些因缘机会，久而久之就会失去一切。所以，一个有能力的人，一个会办事的人，凡事都说“OK”；即使拒绝，也会提供取代的方案。

松下幸之助曾说，当创业初期员工只有一百人时，他总是身先示众，坐在他们面前，走在他们面前；员工增加至千人时，他采取分层负责的管理方式；员工上万人之后，他只是站在他们旁边，合掌感谢他们为公司效命。松下幸之助明白事业是靠人来创造和完成的，所以他非常珍惜和重视人才，让员工们知道松下公司是“制造人的地位，也制造电器用品”。在一个有尊严的环境里，人人得以发挥所长，欢喜奉献。我想，他应该是一位成功的企业家与管理专家。

◎对属下要能懂他

长乐先生：有研究表明，大多数人一生只使用了自己智力的7%或者8%，另外的百分之九十几以上的能力都没有被开发出来，那些就是潜能。凤凰卫视强力打造名主持人、名评论员和名记者，“打造”的一个重要方法就是让他们的潜能得到充分发挥。体现在员工身上，就是让他们做回“自己”，大力张扬个性，避免“千人一面”、“千人一腔”。很多人到了凤凰卫视后，潜质得到连他们自己都不敢相信的发挥。曾子墨加盟凤凰前是摩根斯坦利香港分部的分析师，从没有接触过电视，她到凤凰是来应聘财务管理人员的，而我则把她推上了主播台，使她成为当红名主播。

其实我并不知道每个员工有怎样的潜能，怎么去发挥。主要是要懂得给他们创造条件，提供机会，然后靠他自己去寻找，去展现。有一点很确定：潜质的发挥与否，与个人的激情是成正比的。

星云大师：激发弟子的潜能有时是需要非常方法的。孔子对于子路，先赞美他“好勇过我”，然后教训他“无所取材”；对于子贡，既表彰他具有“器”材，却又告诫他有如“瑚琏”。孔子能因材施教，所以人称至圣先师；

子路、子贡因为肯虚心受教，所以成为孔门俊杰。

马尔巴以种种苦行折磨密勒日巴，使他由粗人魔外变成一代大师。最初马尔巴不因密勒日巴杀业深重而鄙视舍弃，后来密勒日巴也不以马尔巴棒打呵斥而背离师道；在密勒日巴开悟之时，两人相拥而泣，传为佳话。说起来，这也是马尔巴激发了弟子密勒日巴的潜能。可见对属下要能懂他，敢用、善用、会用，才能开发出他的潜能。

“给人信心、给人欢喜、给人希望、给人方便”，这十六个字，不光是佛光人的工作信条，也是领导者必须谨记在心的。能“给”，代表心中有无尽的能源宝藏；肯“给”，才是一种宏大无私的度量。

◎包容无心的错误

星云大师：“管理学”是因应时代进步而产生的一门学问，顾名思义，指的就是有计划、有组织、有系统、有目标的运作方式。管理是一种艺术，有其灵活巧妙之处。每个人资质不一，各有妙用，只要善于带领，败卒残兵也能成为骁将勇士，最重要的是，要能看出他们的优点长处，给予适当的鼓励；看出他们犯错的症结，给予确切的辅导。尤其不能伤害他们的尊严，要让他的人生得到正面的成长。

长乐先生：我喜欢赏，不喜欢罚。我很少使用惩罚的手段，我喜欢庆祝成功，这是我的管理风格。我不喜欢批评人，喜欢表扬员工，更愿意员工能自我表扬，自己认识到自己的进步和成绩。我们做媒体跟别的企业不一样，因为它落地有声，有互动，有呼应，观众的好评是对我们的最好回报。

星云大师：刘总裁的这种管理还是属于东方的管理法，因为西方管理是严格讲奖惩的。佛教讲不二法门，东西方的文化可以折中。但我也觉得，管理者应该包容宽恕属下无心的错误。“人非圣贤，孰能无过？知过能改，善莫大焉。”没有人喜欢犯错，而犯错也不尽然都是坏事，如果当事者能力求改正，错误往往是成功的奠基石。所谓“严于律己，宽以待人”，对于自己的过失，固然要严厉苛责；对于他人的错误，也应以宽容的耐心，给予改正的机会，以权巧的智慧规劝引导，令生正确的见解。

既聋又盲的海伦·凯勒，本来性情乖戾，在老师的循循善诱之下改过迁善，终于成为一位伟大的教育家。对于员工无心的错误，我们若能自他互易，立场掉换，以谅解代替厌恶，以鼓励代替责备，以慈爱代替喝骂，以关怀代替放纵，以同事代替隔阂，我们的社会必定能够更加进步，我们的生活必定能够更加美好。

长乐先生：大师刚才提到了西方的惩罚机制，我觉得惩罚性管理的假定前提是：对员工品德或者行为的不信任，目的是控制和促使改正不良品德行为。但是，当员工因为害怕负责任而选择逃避与推诿时，惩罚性管理就会造成集体失职现象。

管理者如果习惯于“命令——服从”的管理方式,当命令不被执行时，就会感觉到不满与愤怒。

中国企业的管理者在学习西方的管理方法时，又多了一个弊端，他们受传统的“君臣，父子”关系影响，希望企业体现出的不是一种平等关系，而是依附关系：我是家长，所以我是主角，是权威。如果你不听话，就要对你进行惩罚。

这种不平等关系的认知，导致惩罚起不到作用。

而我想做的是，让员工同管理人员一样被尊重，给他们搭建一个充分展现自己才能的舞台，只要这个舞台足够大足够好，麻雀也能变凤凰。

星云大师：有些人从事管理，善以谋略在人我之间制造矛盾，然而一旦被人拆穿，就不易为属下所尊重；有些人从事管理，喜用计策先试探别人的忠诚，但是一旦被人识破，就不能为对方所信服。所谓“疑人不用，用人不疑”，最好的管理方式，是以己心来测度他情，以授权来代替干涉。

◎最高明的管理

星云大师：徒众慈惠、慈怡、慈嘉出国深造时，正是佛光山经济最困难的时候，尽管为了筹付昂贵的学费，我节衣缩食，劳苦奔忙，但是在和他们通信时，对财务却是只字不提，只叮咛他们不要太过节省，应注意饮食营养，起居正常。每当学校放假，三人联袂归来，帮忙寺务，不落人后。当他们学成归国时，我才由别人的口中得知，每次接到我的信以后，他们越发感念为师的苦心，所以更加勤奋向学，省吃俭用，两个人分享一个馒头是经常的事，偶尔到超级市场想买些饼干，但在结账时念及常住的财务困难，又将饼干放回货架。就这样忍饥耐寒过了六年，他们相继以优异的成绩完成学业之后，立即回山，继续以刻苦耐劳的精神投入弘法利生的行列。

长乐先生：大师不光是有长远眼光的领导者，更是能融合众心的领袖。

现代企业中，高层领导应该追求做第五级领导人。“第五级领导人”这个概念最早是2001年由美国人J.Collins提出的，他认为领导人有五个层次，从低到高依次是：第一级是能力超强的个人；第二级是为团队作贡献并且有效地与他人进行合作工作的人；第三级是高素质的经理人，能够有效率、有效能地达成预定目标；第四级是有效率的领导者；第五级是执行领导人，能够将谦虚的个性和专业意志进行有效的结合，并建立长久卓越的绩效。

大师正是第五级领导人，这一级的领导人宅心仁厚，谦卑为怀，但坚强、坚定、勇敢无畏。他们一切雄心壮志都是为了事业而非自己，把自己和公司或团体的命运捆绑在一起。

星云大师：我自 1953 年以后，都是担任住持、会长、校长、院长、所长等职位，最深的体会是“被人领导是幸福的，领导别人是辛苦的”。这一路行来，我虽未曾找到心目中的领导人，但因为我甘于随缘、被人领导，不但悟出一番领导的方法，更深深感到“良禽择木而栖，忠臣择主而侍”之铭语，诚乃掷地铿锵、历久弥新的至理。换言之，一个称职的被领导者如果找到了明主，就必须心悦诚服，放下“上、中、前（请客坐在上位，照相坐在中间，走路走在前面）”的欲望，捐弃己见，时时记住扮演好幕僚角色，不但不可批评领导者，更不可出卖领导者，自我求荣。一个被人领导的晚辈不得利用领导者的名声，而且应该善于体会领导者的理念，勤于执行领导者的指示。

所谓管理，不一定高高在上，发号施令，而应当深入群众，将团队的精神带领起来。四十多年前，我初创佛教学院，即使像“出坡”这么一件例行的事情，我都亲自说明意义，并且身先表率，挑砖担水。几十年后的今天，想要为我做事情的徒众何止万千，但我不仅未曾以命令的口吻叫人做事，还经常主动地为徒众解决问题。常常听说某个徒众在北部事情忙碌，我便为他主持南部的会议；往往知道哪个徒众正在主持会报，一时无法结束，我就为他代课教书。我觉得：最好的管理，是自己先与对方建立“生死与共”的观念，才能发挥最大的整体力量。

所以，做领导的首先一定要将自己的一颗心管理好，让自己的心中有时间的观念，有空间的层次，有数字的统计，有做事的原则。尤其重要的是，让自己的心里有别人的存在，有大众的利益，能够将自己的心管理得慈悲柔和，将自己的心管理得人我一如，才算修满最高管理学的学分。

长乐先生：在我看来，管理的要义是“尊重心灵”，而不是用数不清的管理条文织成一张束缚人心的网。管理是一门引人向上的学问，它是超越勤勉、拼搏、奋斗、辛劳的一种新境界。

做企业，做事业，不能光追求功利与财富，而应该尊重人性，尊重从事创造的人。尊重个性要胜过凝聚共性。对我的员工，我从来不说这个话题不要做，那个话题不要做，而是给他们很大的宽容度，员工只要记住两件事情就好：一个是敬业，一个是专业。

《锵锵三人行》这个节目有相当一批热心观众，也有相当一部分人非常不喜欢它。我本人看这个节目时，看到一半会故意换台，因为它的观点跟我本人对事物的看法有很大出入，甚至超出了我的承受能力。作为一个领导人，我不喜欢的节目，是不是有权力替代所有的观众去进行审查或者中止呢？我没有这个权力，我不愿意去干涉或者影响窦文涛他们的创作，所以我说，我对《锵锵三人行》最好的支持方式就是尽量少看或者不看，因为我看完之后就不吐不快，他们就有负担了。所以，不看也是一种支持。不看，别人左一个建议、右一个批评，我都能挡回去。

这也反映了我用人的一个原则，就是看准了就排除干扰大胆用。其实，做过领导的人都知道"用人不疑，疑人不用"是很难做到的。因为进谗言的人很多，还通过各种拐弯抹角的渠道进谗言。你放手的时候，身边会有很多人在讲，这样下去不行了，有这个毛病，那个毛病……另外做事的人本身也有很多困难，一再请示，希望你给他指示。我能做的就是放手，相信一个人，给他一摊事情，能放手到一次不去看，不给任何具体指示。

星云大师：对于领导者来说，用人不疑是一个难点，再有一个很难做到的就是包容异己。由于生活环境、风俗习惯、语言文字、思维方式的差异，自然会形成大家彼此之间不同的意见。《金刚经》上说：菩萨要降伏其心，度脱众生，要无我相、人相、众生相、寿者相。简而言之，就是要我们以无私的心胸雅量，包容异己的存在，否则度己不成，又如何奢言利济有情？

佛陀成道后，倡导从王宫贵胄到贩夫走卒，从异教外道到淫女贱民，只要肯发心向道，佛陀都包容接引，成为僧团的一分子，所以佛法能迅速地在印度蓬勃发展。包容异己不但不会导致派系分歧，还能繁衍事业的生机，形成枝叶荣茂，百花齐放的盛会。

长乐先生：这么多不同背景、经历的人走到一起，意见不同是难免的。人类为什么建不成通天塔？不就因为沟通不畅吗？人互有长短，你解决不了的问题，对于你的同事、你的朋友、你的上级可能是轻而易举的，关键的是要沟通，要设身处地，要心灵相通，这样，他人也是你的力量。

星云大师：心治则身治，身治则一切皆治。我管理寺院从不上锁，像大雄宝殿、大悲殿、会议室、客堂、教室等都是全日开放，好让大众随时都可以进来瞻仰、使用。我管理物品，不喜欢建仓库；我觉得物品是做来给大家用的，最好能物尽其用，东西一旦堆在仓库，没有人看得到，往往一放多年，等到要用的时候已经发霉生锈，岂不可惜！我管理钱，也不喜欢放在秘密的地方，四十多年前在高雄寿山寺的时候，我将钱放在固定的地方，让学生、徒众各取所需，我认为这才是公平之道。我管理人，倡导法治、人治，甚至无为而治。

长乐先生：无为而治就是顺势而为。曾国藩说过，他创立湘军的初期，信念最坚定、斗志最旺盛、用心用力最大，但事业却一波三折，一败再败。后来，他调整自己，把主要精力用在协调与皇室、地方官员、友军和内部的关系上，说好话，做好事，来信必复，有求必应，安抚人心。结果，用力不大，反而事业大顺，这是顺势而为的力量。

星云大师：对人尊重、爱护，凡事“以身作则”，并且勇于承担及包容部属的不足或过错，能够用“感动”来代替“谋略”，用“施恩”来当做“助缘”，必然更能令人信服，更容易摄受人心。

自古以来，凡是善于管理的良臣名将，都是因为他们拥有这种体贴、承担的美德，能与属下“荣辱与共”、“生死不移”，所以感动大家同心一德，克敌制胜。例如吴起领军，不但与兵士同榻而眠，同桌而食，而且嘘寒问暖，为吮脓血，所以官兵们都肯为他赴汤蹈火，在所不辞；李广带兵，在饥乏之际，发现泉水，不待士卒尽饮，必不近水，不待士卒尽餐，必不尝食，所以大家都乐于为他效劳卖命，出生入死。乃至现在的中共领导人胡锦涛、温家宝等，他们“亲民爱民”的作风，也一直深获广大群众的拥护。

过去听过一则“剩菜的故事”，说的是一个母亲为了家庭、儿女，一辈子心甘情愿地吃剩菜。我把这种肯牺牲，肯奉献，不计较，不嫌苦的管理方法称为“剩菜哲学”，这就是一种“感动”的管理。

感动的管理，不是用规矩来要求人，而是要懂得尊重、包容、平等，彼此立场互换，要让人“感动”后心甘情愿地发心奉献，所以感动的管理不是命令、指示、权威，而是要让人自动自发，是一种“无为而治”。

◎管理学的“学分”

星云大师：佛教一向重视人事管理，我对现代人间佛教的人事管理规则，有以下几点意见：

1. 要顾全大局。2. 要明白分工。3. 要知道协调。4. 要用心策划。5. 要全力推动。6. 要向上报告。7. 要知道承担。8. 要追查成果。

长乐先生：企业发展到一定程度，不是拼资金就能解决问题的，如果你的激情不投入进去，如果缺少创新意识和成果，如果管理手段不随时更新，很可能你的企业和事业就不能再一次产生质的飞跃。

对于任何职业来说，只有把整个的生命、整个的感情投入里面，才能有激情、有成就。被称为“战地玫瑰”的凤凰记者闾丘露薇因为报道伊拉克战争而出名，其实这个机会是她争取来的。当时名额很紧，我们本不准备派女记者去，但是她一直“缠”自己的顶头上司，要求前往，最后“缠”到我这儿，才争取到这样一个机会。

我选择她，是因为她具有非常好的职业素质，有激情。

为了倡导激情创造，我提出企业文化的两种回归：

第一，从强调按规章制度、按传统程序做事，回归到强调热情和激情，把过去在规范的企业化管理中已经基本忘掉的感情找回来。在企业经过规范化运作、有了规模和基础之后，我要激发所有员工有一种为了自己的事业去拼、去争、去抢的心态。

第二，从强调“大河有水小河满”，企业利益至上，回归到以人为本。以人为价值的核心和社会的本位，把人的生存与发展作为最高的价值目标，一切为了人，一切服务于人。员工有尊严，企业才能长大。

星云大师：在佛光山草创初期，正是财务最拮据的时候，我陆续送慈惠、慈嘉、慈怡、慈庄、慈容等人去日本留学。她们在临上飞机时频频问我：“师父，我们一个个走了，您一个人怎么能料理开山那么多事情呢？”我以平静的口气回答：“我一个人就可以了，你们不要犹豫迟疑，错失了良机！”她们毕业归国之后，帮我办理各种文教事业，佛光山因而奠定了厚实的基础。

人的发展中，良机很重要。什么是良机？我觉得，有未来性、能利己利人的机会，就是良机。回想起来，我本人并无聪明才智，境遇也不是很好，但仍能为佛教创出一番天地，没有错失良机正是重要因素。

数十年前，因为我经常为了护持正法、厘清佛教的原则而在报章杂志上扫除邪见，又写了一本《释迦牟尼佛传》，引起日本大正大学的注意，寄给我一纸博士班入学通知单，希望我前往就读。当时我想：这个机会实在太好了，我要努力读书，将来学成归国，服务大众，好为中国比丘争一口气，让大家知道不是每一个人到了日本就会变节还俗。既而又想：我千辛万苦，好不容易在台湾这片佛教沙漠之中开辟了一些绿洲，如果我去了日本，有谁能继续我的愿心，将菩提种子遍撒台湾各个角落呢？

正在犹豫的时候，高雄万隆酱园的朱殿元居士得知这个消息，焦急地跑来问我："你已经是我们的师父了，为什么还要去日本当学生呢？"我突然醒悟：此时此刻，我何必为了博士虚名争一口气远赴东瀛呢？我留在台湾好好耕耘这一片净土，如果能让佛教拥有光明的前途，就足以证明比博士学位更为重要！

后来事实证明，我虽然失去了深造的机会，但是我并没有错失良机。在此二十年后，美国东方大学颁给我荣誉哲学博士学位。这么多年来，我看尽世事起伏，往往发现：人之所以会错失良机，大多在于私心自蔽，以致自他受害。原来所谓良机，是要自他欢喜，彼此有益，公私两利才可。

佛教经典里鼓励大家不要错失良机的字句更是俯拾皆是，像《华严经》的"不忘初心"，《八大人觉经》的"不念旧恶"，《维摩经》的"不请之友"，《大乘起信论》的"不变随缘"，都是把握良机的最佳法门。总之，没有机会的时候广结善缘，机会来临的时候及时掌握，就一定能有所收获。

长乐先生：大师说的"不变随缘"是佛的境界，佛教化一切众生，能够应机说法，随类现身，这是"不变随缘"。我理解，企业的管理也要随缘，随缘之时，真诚心不变，清净心不变，平等心不变，觉悟心不变，慈悲心不变。顺境里头不变，逆境里头还不变，这叫真正会用功。

与"不变随缘"紧密相关的就是"不忘初心"。多少人能在漫漫人生旅途上"不忘初心"呢？在我的创业路上，有诱惑力的项目很多，但办传媒始终是我最深的牵挂。为了使"凤凰"飞得更高，我放弃了一些大好"钱途"。北京到八达岭的高速公路，我本来拥有 1/2 的股权，在凤凰资金遇到瓶颈的时候，我"断臂输血"，把股权变现。现在这段高速公路最火暴的德胜门到昌平这一段，当年正是我投资的。北京燕莎旁边的一个商务公寓项目也是同样的原因，与我"划清界限"了。试想，如果我在石油、高速路、房地产的路上走下去，忘记了当初的发心，怎么会有现在的凤凰呢？人生的风景很多,不忘初心是一种坚持。有了这种坚持,人生才能不活成“盗版”。

星云大师：“管理”其实就是在考验自己有多少慈悲与智慧。管理的妙诀，首先需将自己的一颗心管理好，要让自己的心中有时间的观念，有空间的层次，有数字的统计，有做事的原则，有大众的利益，能够将自己的心管理得慈悲柔和，将自己的心管理得人我一如，以真心诚意来待人，以谦虚平等来待人，才算修满管理学的“学分”。

◎女性之德，引我向上

星云大师：可能因为东西方的文化观念不同，社会上对女人的评价有极大的差异。西方国家的人民，将女人视为纯洁、善美、神圣的象征，女人地位崇高，备受尊重与礼遇；东方国家的人民则视女人如魔鬼、蛇蝎、祸水，尤其在过去的父权社会里，女人不能与男人同起同坐，甚至不能自由出门。

然而“人人皆有佛性”，我在初建佛光山的时候，就订定“两序平等”的规矩。在佛光山，出家的男女二众，上殿、排班都是分列东西两单，没有谁前谁后；不管比丘、比丘尼，都享有同等的权利与义务，没有谁优谁劣。

长乐先生：歌德有一句话：“女性之德，引我向上。”很多人觉得凤凰的女性员工比较出众和醒目，其实是因为我们的记者和主持人队伍女性比重偏大。伊拉克报道中，有很多人“投诉”我说，派到战争第一线去的全是女的，是不是有点“残忍”呢？

其实，我们派往战场的男性比女性多，但男性多数是站在女性身后，出镜较少。女记者回来后最大的感慨是：最辛苦的还是男人——他们既是摄影师，又是司机，还要管后勤，打前站。

对于女性员工，我自己的想法是：她们的名气越大越好，我的名气越小越好。这些女孩有一点非常可贵：就是不管自己名气有多大，做起事来还能平易、低调，她们知道，“大牌”是指你的社会影响力，而绝不应该是行为方式。所以，在大事发生时，她们都是一样的亢奋，一样的不耻下问。

星云大师：我为了提升女性的地位，曾被同道揶揄为“女性工作队的队长”，但我认为，女性的智慧、能力并不亚于男性，女性可以参与政治、教育、文化、慈善、社会等各种公众事务，积极扩大服务的机会与层面。女性的热心、慈心、诚心，平均起来更胜过男性，应该发展其温和、慈悲、细心、勤劳等特质，犹如观世音菩萨，以慈悲、美丽来庄严世间。所以，女性千万不能妄自菲薄，须知外相不一定重要，要紧的是男人和女人之间一定要互相尊重、互相帮助，如此世界才会变得祥和，人间才会更加可爱！

台湾女中医师胡秀卿居士年轻时因为一口漂亮的京片子而名闻广播界。她仪表庄严，为人贤淑，对三宝虔诚敬信，虽然不是我的皈依弟子，但是基于爱才，每年我在台北国父纪念馆主持的佛学讲座，总请她担任司仪，以她那柔美洪亮的声音，带起每一场殊胜的法宴。这司仪一做就是三十年。胡居士是个养女，有一年生母在台中过世，她很有人情味，赶回老家协助料理后事。我知道以后，连夜赶到丧家，主动参加其母的告别式，以表寸心。

长乐先生：我看过一个调查报告，日本的企业存在这样一种趋势，雇用的女性越多，经营业绩越好；重用女职员的企业销售额会上升；女性管理者比例越高，企业收益率也越高。

女性参与管理，面临着不同于男性的各种压力和艰辛，但是，在未来，社会将更注重产品与服务的质量，女性细心、细腻、和善、审美趣味高、善于与人沟通，不仅是活跃的消费者，还是高端品牌活跃的生产者。所以有人强调说，女性的机会就是全人类的机会。

义利

“义者，宜也。”义可以养心，利可以养身。世间安得双全法，不负如来不负卿。孔子说：“见利思义”，“义然后取”。不是你的，你拿走，就是不义。合理的分配就是“义”。锐气藏于胸，和气浮于面。才气见于事，义气施与人。

◎锐气藏于胸，和气浮于面

长乐先生：我祖籍山东，出生在上海，后来到了北京。小时候妈妈给我起了一个小名，叫“老闷儿”。什么意思？就是我话少。我出生在十一月份，天蝎座，有人说，冬天生的孩子都比较闷。

但是人的性格是可以改变的，我的性格基本形成是当兵之后。1970 年，我十九岁，加入了四十集团军野战军工兵连。十年的基层连队的从军经历，见识了很多生死场面，彻底改变了我的性格。

1975 年，我二十四岁，是工兵连的排长。当年，营口大地震废墟残垣的场面让我第一次面对天崩地裂生与死的考验。我意识到我这个官衔就是责任，在救灾中不是要保一个人，而是要保一片人。

1976 年的唐山大地震，我以工兵连指导员的身份再次参加抢险。7 月 28 日地震发生，我们 7 月 29 日开拔，是第一批进入唐山的部队。当时天气非常热，赶到抢救现场我们才发现身边全部都是开始腐烂的尸体，我带领士兵拼命清理，吃饭、睡觉都是在尸体堆的旁边。

生命是如此脆弱，又是如此坚强，在让人晕眩的酷热中，年轻的士兵们吃着变质的食物，呼吸着恶劣的空气，基本喝不上水，但是大家都在拼命。当时，我有一个体会，我们为生命尊严做得越多，我们的人格就越完善。每个人心中都有一种崇高感，感动着自己，也感动着周围的人。

撤退的时候是10月21日，历时将近三个月时间的抢险啊，把世上该吃的苦都吃得差不多了。回来之后，我妈说我："闷儿瘦得厉害，两手十个手指头的指甲都磨掉了一半，指头肚上全部结痂。"

我还有一个绝活，水性好，潜泳憋气的时间很长，擅长救落水的人。我都记不清自己从水里捞出多少人了。因为救人太多，我在部队里小有名气，需要捞人的时候，部队会开车从很远的地方紧急把我接过去下水救人。

现在看来，这些经历跟我目前干的行当距离十分遥远，全是力气活、拼命的活。但是我觉得，这些经历对塑造人的性格，对于培养男人的坚毅有很大帮助。我特别喜欢"百折不挠"这个词，无论什么事情，能做到百折不挠，基本就成功了一半。另外，因为看多了生与死，我的价值观变成了"宁愿人人负我，我绝不负人人"。

星云大师：正所谓"不负如来不负卿"，人这一生，若曾经历生死边缘、有过死里逃生的经验，往往能领悟人生的真谛。常有人问我对生死的看法，我用这一生九死一生的经历体验到：生，未必可喜；死，亦未必可悲。

我八岁那年的春节前夕，独自在冰河上散步，忽然看到不远处有一枚雪白的鸭蛋，心想把它捡起来，再走向前一看，原来只不过是冰块即将破碎的白印而已。正想转身离开时，一只脚已经踏入融冰，刹那间，整个人就掉进了冰窟，怎么奋力也爬不上来。这时，我全身冰冷，一想这下应该是没救了。不知过了多久，我竟然像游魂似的，在寒风中站在家门口敲门，哥哥应声开门，问我：到底发生了什么事？我这才发觉自己全身都结满了冰块，至于是如何从冰窟中上来的，却想不起来了。家人一再追问，才忆起在朦胧中似乎有一位老婆婆送我回到家。

1981年间，我的背疼，台北荣民总医院的医师看了我的X光片，告诉我说：只剩下两个月的寿命了！并且一再叮嘱：务必在几日内再来复检。我因南北奔波弘法，一忙起来，也忘了这事情。一年后，医生再看到我时，大吃一惊，思索良久，才开口问我：以前背部是否曾经受伤？我左思右想，才记起数年前在台风天巡视灾情时，曾经从高处摔落地面，当时也是因法务缠身，而无空就医，久而久之，也就淡忘了。大家这才恍然大悟：X光片上的黑点原来正是体内久积未散的淤血啊！

因此，人生当放下执著，随缘放旷，自能超越生死之外。所谓：平常心是道。生死循环本是天地运转的常道，人死了只不过是换了一副躯壳罢了，人最重要的是把握当下，不负此生，不负他人！

长乐先生：不负他人说通俗点就是讲义气。何谓"义"？儒家说："义者，宜也。""宜"是切肉的意思，合理的分配就是"义"。孔子说："见利思义"，"义然后取"，见到利益，首先要想到是否合理，如果合理，就可以取。不是你的，你拿走，就是不义。

汉代的董仲舒认为，人天生就有好义和欲利两种心理。因为义和利都是人们需要的。义可以养心，利可以养身。我个人觉得，心比身重要，"义"比"利"重要。

——勿以小怨忘人大义，勿以小恶弃人大恩。

——大其心，容天下之物；虚其心，爱天下之善；平其心，论天下之事；潜其心，观天下之理；定其心，应天下之变。

——有为有不为，知足知不足，锐气藏于胸，和气浮于面，才气见于事，义气施与人。

星云大师：我这个人，不太倡导与人搞关系，和朋友之间都是君子之交。当然有很多信徒对我特别地尊重、护持，也有一些朋友和我是从小到老几十年的交情，很少有中途就绝交的。这是因为没有利害冲突，比方说，我不跟人家借贷，人家也不向我借贷，因为我没有钱。朋友之间，我认为最好不要搞金钱来往，不要有太多利害得失，注重道义的来往，好朋友的关系也就能维持下来了。

义，是礼义廉耻的纲目之一，所以孔子说："礼义廉耻，国之四维；

四维不彰，国乃灭亡。”人宁可为义而死，也不能无义而生，国家民族，乃至社会个人，都需要气节。气节可以贯穿山河，可以光辉日月，气节才是吾人生命的秩序。

◎孝乃成大事之本

星云大师：“记得当初我养儿，我儿今又养孙儿；我儿饿我由他饿，莫教孙儿饿我儿。”这首文词浅显、寓意深远的诗句，道尽了天下父母的慈心。诗是借一位老人之口叙述：当初我茹苦含辛将儿女抚养长大，曾几何时物换星移，自己的儿女也已成为别人的父母，同样地要抚儿育女了。我的儿女不肖，不知奉养衰老的我，使我忍饥挨饿，但自己尚能甘之如饴：祈望上天千万别教我的孙儿，将来也忤逆父母，让我的儿女遭受饥饿，那会使我非常伤心呀！

中国传统向来以“仁孝”治天下，“孝顺为齐家之本”，过去五代同堂的社会，“家有一老胜过一宝”，敬老尊贤，重视老人的经验智慧；可是现今社会，随着时代的易革，家庭结构的改变，同堂共聚的古风逐渐消失，虽有鼓励“三代同堂”的口号，但效果不彰。现在流行所谓“一儿一女一枝花”的小家庭，子女一旦成长结婚，很少乐意与父母共同生活，甚至“有了老婆忘了娘”。

乃至父母子女之间，有所谓“代沟”、“婆媳问题”，或是有年轻人忤逆不孝，只顾自己快乐逍遥，送病弱的父母住进“老人安养院”，弃父母于不顾的情形发生。

“吾日三省吾身”的曾子曾经提到有五种不孝之罪：荒怠游戏，不知勤奋上进，奉养父母，使父母衣食匮乏，是第一不孝；嗜好赌博，贪酒好色，只图自己逸乐，置父母温饱生活不顾，是第二不孝；只知爱护妻子儿女，积聚财富，钻营权势，把父母冷落漠视于一旁，鲜疏关怀请安，不能克尽孝道，是第三不孝；沉溺欲望，放纵自己声色追逐，出游不禀告，深夜犹未归，让父母悬念操心，是第四不孝；好勇斗狠，经常惹是生非，作奸犯科，行走邪道，使家门蒙羞，让父母受惊担忧，是第五不孝。

“羊羔跪乳，乌鸦反哺”，羊羔尚能跪乳，乌鸦都知报恩，人为万物之灵，倘若不知孝顺父母，何能忠爱国家，乃至“民胞物与”关怀一切众生呢？

长乐先生：我的父辈对我影响很大。我父亲一生经历丰富，从抗日战争中投身民族救亡，经历了多次人生的大起大落。但是他很坚强，在我印象中他只流过两次泪，都是因为“文革”对他人生观、世界观的强力冲击导致的。令我印象深刻的是他第二次流泪，那是 1966 年，红卫兵破四旧、打砸抢，国家领导人一夜之间沦为囚徒。那一天，他突然流着泪对我说：以后就靠你们了，我们这一代是不行了，你们要挺住。那时候父亲 52 岁，正当壮年，但是我突然觉得他一夜之间苍老了许多。那时我还小，不知是因为深受震动还是觉出了世态炎凉，我呆在那里动弹不得。我想，父亲这样对我说话，证明他内心的痛苦难以承载，事情真的非常严重了。

不久，我出去搞了一阵“大串联”，在一个月黑风高的晚上回到了家。一进门，我就兴致勃勃地给父亲讲串联中见到的人和事。父亲一直静静听着，突然他轻轻地对我说：我被游街了。我一下子傻了，因为我刚才还在讲我串联时候看到的“走资派”被游街、挨打的事情，没想到父亲也被游街了。这时候我才知道“你们要挺住”这句话的意思。

我过去觉得父亲一直是很坚强的靠山，现在靠山倒了，我难过，羞愧，恨不得有个洞，自己藏到里边去。

父亲还说，当天晚上他必须学会唱一首名叫《大海航行靠舵手》的歌，造反派说，如果学不会，批斗会上就要狠狠打他。

我会唱那首歌，但从没有想到会在如此屈辱的情况下教父亲唱歌。我唱一句，父亲学一句，泪水顺着我的脸颊淌个不停。

就这样，十五岁的我在学校里还强装镇定，继续当红卫兵的头儿，带着一帮小孩跑到百货商店去帮人家卖东西。突然有一天，一个同学跑来说：有大字报消息，要不要看看去？我问，写的什么？他说，我不敢说。我知道不好，拔腿就冲过去，一眼看到了我妈妈的名字。她的名字被打上大红叉，上面写着“打倒历史反革命”。

妈妈也被打倒了。我如当头挨了一闷棍。我想，母亲在单位挨批斗，心上顶着这么大的事，却从没有给家人讲过，心里还想着不让家人担心，不牵连孩子。母爱是多么伟大。

我这才明白，为什么这一段时间，她每天回来很晚，非常疲惫，心情烦躁，一言不发。

我从小是个孝子。小时候，我们家住北京劈柴胡同七十一号中央组织部的宿舍楼，母亲在白堆子上班，来回坐公交车。那时我还不到十岁，只要天下雨，我就扛着雨伞去接她，因为不知道她什么时候到家，有时会等很长时间。而妈妈看见我，总是搂着我的肩膀往回走，我呢，就挺起腰板，努力装成一个男子汉。

父母亲被“打倒”，我从来没想过跟他们划清界线或者反戈一击什么的，我想的都是应该怎么安慰他们。

从那一刻起，我也从“红五类”变成了“黑五类”。

后来妈妈又经历了许多折磨，被剃了“阴阳头”，但是回到家里还是装作什么事儿也没有发生的样子。我憋了很久才问她：妈，你没什么事儿吧？她说，没什么事儿啊。再后来，妈妈重病住院，我在医院照顾她。她病得都站不起来，红卫兵说她是装病，冲到医院要看她的病历，我就急了，戴着拳击手套冲出去说，谁敢动我妈我就跟谁拼了。这在当时是冒着很大的危险的。但是我顾不了那么多了，就是出自一种本能去保护妈妈。我想，“孝”是人的一种本能吧。

但是病重的妈妈还是被造反派用沙发抬着，拖到单位挨批斗去了。

星云大师：爱维护了真理，爱制定了秩序，父母、夫妻、子女、朋友之间，都是靠爱来维系关系，靠爱来制定层次的。一个人如果连父母、夫妻、儿女都不要，如何爱所有众生？因此《华严经》告诉我们，要“爱人如爱己，率己以随人”。

长乐先生：《说文解字》在阐释“孝”字时说：“善事父母者。从老省，从子，子承老也。”儿子背着老父老母，这是多么直观的孝行。《现代汉语词典》解释“孝顺”时说，是指尽心奉养父母，顺从父母的意志。孝顺指为了回报父母的养育，而对父母权威的肯定，一个不孝的人，你怎么指望他有道义呢？

星云大师：过去社会里的家庭问题，多是儿女对父母的孝养问题，老年人缺乏照顾，精神空虚，或因代沟问题与子女失和，所以我在宜兰办了“仁爱之家”，又在佛光山设立“佛光精舍”。有人问我为什么要办养老院？就是为了安老，让家庭失调的老人能得到照顾，但是天下孤苦无依、晚景凄凉的老人何其多！杜甫有一句诗：“安得广厦千万间，大庇天下寒士俱欢颜”，我也希望能有更多精舍，来安置所有需要照顾的老人！

现在的家庭问题就复杂多了，除了孝养父母以外，单亲家庭、小移民、小留学生、寄宿家庭……问题越来越多。有的母亲为了自己爱漂亮，不肯喂母奶，怕影响身材；甚至试管婴儿、借腹生子，将来孩子长大了，会怀疑究竟父母是谁，心理上的芥蒂很难消除，家庭问题不是越来越严重了吗？

在这种工商社会里，很多父母只想到赚钱，对于子女的教育，不知道真正关心，结果造成了钥匙儿童、快餐面儿童、维生素儿童、才艺儿童、移民儿童……有的父母应酬忙、交际忙，就把钥匙给孩子，说：“放学赶紧回家，冰箱里有牛奶，柜子上有面包、有泡面，吃饱后，自己把功课做完，自己好好睡觉！”据说很多父母和子女极少接触，忙着在外应酬，一天跟孩子讲不到三句话。孩子长期孤单寂寞，长大以后还肯服侍父母吗？

有的父母对子女寄望过多，要儿女成龙成凤成博士，就给他们报名才艺班，强迫他们去学钢琴、小提琴、舞蹈、绘画，还要学英文、日文……除了学校的功课之外，又叫他学一大堆课外的东西，一下子要他都学会，小孩子背负这么沉重的压力，吃得消吗？长大以后会不会排斥呢？

今天青少年问题严重，翘家、逃学、吸烟、赌博、打架……难道没有原因？有一位教育学者说：现在的儿童，不是靠父母的爱和关怀成长的，是靠着牛的照顾长大的，他们喝牛奶、吃牛排、穿皮衣、用皮带、着牛皮鞋、系牛皮饰物……像是牛养大的，所以现在的青少年都是牛脾气，要过着牛脾气的人生，说起来是很可怜的。

长乐先生：正如大师所说，现代社会“义”和“孝”普遍缺位，社会风气、家庭伦理很混乱。台湾有一个这样的笑话：父子三代同看一部电视，祖父要看台视的连续剧，父亲要看中视的综艺节目，儿子要看华视的卡通，谁都不让谁。祖父才看了几分钟，就被儿子换了中视；儿子才看了几秒钟，又被孙子换了台。这个祖父看不顺眼，骂了孙子几句，孙子大怒，抬脚就向他父亲踢去，说：“都是你害我挨那个老家伙骂！”这个儿子忽然被踢，也很生气，立刻回身踢了自己爸爸一脚，骂道：“他踢他爸爸，我也踢我爸爸！”说来可笑，想来心酸。

星云大师：台湾流行小家庭，三代同堂的很少，年长的父母往往单独住一间房子。兄弟姐妹多的，就轮流奉养父母——星期一由台北的老大来奉养，星期二、五到桃园老二家去吃饭，星期三、四归台中老三照顾，星期六、日到台南投靠女儿，然后再赶回台北老大的家里，这样东奔西赶的，疲累不堪。假如父母也用这种方法来养育子女，今天由父亲照顾儿女，明天由母亲明天照顾儿女，轮流养育，家庭不会破碎吗？

子女和父母的伦理是相生相成的，孝顺的子女必须以五事来对待父母：

供养父母，不令缺乏。

凡有所为，必先禀白。

父母所为，恭顺不逆。

父母正令，不敢违背。

父母正业，不为中断。

而慈爱的父母，也会以五事对待儿女：

教育子女，不让为恶。

指其善处，使有品格。

慈爱关怀，教其学问。

善为婚嫁，务使满意。

随时供给，助成事业。

过去佛光山佛学院有个叫黄秀美的女孩子，美丽、柔和，虽然在读佛学院，仍然带着一点红尘的梦想。有一次，有人随口问她："秀美啊！想不想出家？"那孩子却稚情、认真地说："我还没穿过玻璃丝袜呢！"后来，我有机会到美国，就托人买了几双玻璃丝袜。海关人员检查我的皮箱时，露出不解的异样眼神，仿佛在问我：出家人买玻璃丝袜虽然不犯法，但是买玻璃丝袜做什么？我心里想：为了满足一个学生穿玻璃丝袜的梦想，为了对一个徒众发稀有的出离心表示鼓励，先生你哪里会晓得出家人也有天下父母心啊！

所以，若天下人有父母心，人人像锁链一样的环环相扣，不可分割，人人尽其在我，相敬相爱，这个社会也一定会越来越和谐。

任何一件事都要依靠众多的因缘才能成就，每一个人都要仰赖无限的生命才能成长。现代有越来越多的人提倡"集体创作，共襄盛举"，也就是在实践"同体共生的生命"。只要我们抱持服务大众的理念，一刹那间可以创造无穷无尽的生命，一微尘中也可以安立无量无边的法界生命。

一些人指着儒家所说"不孝有三，无后为大"、"身体发肤，受之父母，不敢毁伤，孝之始也"等文字，驳斥出家披剃之非，显然是以辞害义，不明就里所造成的偏差意识。记得1962年，兰阳救济院因经费不足，即将关门，我当时虽然也是捉襟见肘，但基于一份恻隐之心，伸出援手，应允接管，这一来不知解决了多少无依老人的食宿问题。我深深感到：假如把天下的老人都看成父母，未尝不好。是自己的父母，未必像自己的父母；不是自己的父母，有时比自己的父母更好。所以是自己的，有时不是自己的；不是自己的，有时反倒是自己的。

我们以为身体是我们的，其实身体是四大五蕴积聚的；我们以为财富是我们的，其实财富是五家共有的；我们以为儿女是我们的，其实儿子是媳妇的，女儿是女婿的。看得破的人，什么都是我的；看不破的人，什么都不是我的。我一向提倡“以无为有”，我拥有“空”，看起来什么都没有，其实空即是色，色即是空，虚空中不是一切万象俱全吗？

当我们行走街头，目睹贫富贵贱、少壮老弱，和我们擦身而过；当我们踏青野外，但见走兽爬虫、飞禽游鱼，与我们相视对看，焉知何者不是自己过去世里的父母亲眷？究竟谁是我的？谁又不是我的呢？所以，唯有等视一切众生，拔苦与乐，才是真正的回报深恩。

◎不是“关系”，是“因缘”

星云大师：要想建立良好的人脉关系，必须积聚许多因缘。平时你有慈悲道德，经常给别人因缘，人家才会亲近你、佩服你，彼此才能有深厚的交往。所以，人脉关系应从恭敬中建立，从谦虚中建立，从知识交流中建立，从“君子之交淡如水”的感情来往中建立。

长乐先生：一些香港和海外媒体对凤凰的成功有些疑问，他们认为，为什么别人没有成功，你成功了？显然你有特殊的关系、特殊的背景。这样的说法有点想当然了。

我是记者，记者好像万金油，什么事情都通一点儿懂一点儿，有非常好的人脉。当然，不是所有的记者都有很好的人脉和交往能力，而我却经常有本事把采访对象变成朋友，甚至变成哥们儿，这是我的长处。

我的第一桶金来自石油，当时之所以选择做石油贸易，是对自身能量有一个判断，我最大的优势就是“人脉”：家庭和周边的环境给我创造了好的氛围，海外也有朋友关照。

1988 年，有一个海外朋友问我能否拿到中国的出口石油制品，我恰好是石油中介商，当时国际石油成品贸易的利润率在 30% 以上，由于我和合作双方都有良好的关系，彼此具有充分的信任度。我采用了 TT 付款方式，打一个时间差，在向第三方付款之前，资金在自己手里有一段停留的时间。然后用这笔钱，去周转，扩大运营。

所以，我的第一桶金清清白白，对于那些对我的“非善意猜测”，我的态度是置之不理。

至于凤凰卫视的成功，我举两个例子来说明靠关系并不一定灵。香港有许多中资机构开办的公司，有些是成功的，但还有相当多的企业经营不成功，甚至失败了。他们的关系、背景要比我们强大得多，为什么没有成功？再一个例子，中国大陆有两千多个电视频道，有的门可罗雀，有的草长莺飞，凤凰能突出重围，成为其中的佼佼者，靠“关系”能搞定吗？我觉得，再铁再硬的关系也不比百姓的喜爱来得扎实可靠，行政命令是不能提高收视率的。

大师说得好，关系与人脉并不相同。人脉是善的结缘，而关系有强烈的互相利用的色彩。

星云大师：刚才刘总裁说，你获得第一桶金的最大优势是“人脉”，这一点很重要。

常有人问我：佛光山事业何以成功？我往往以一句佛门用语来作答，那就是：横遍十方，竖穷三际。在横的空间上来说，世间上任何一种东西的大小都有其限制，唯有真理和我们的法身慧命大而无外，故曰“横遍十方”；在纵的时间上来说，我们的真心本性能超越过去、现在、未来，故曰“竖穷三际”。所以在做人做事上，我们每说一句话，每做一件事，都应该三思而行，举凡此事、他事的互动，此人、彼人的关系，过去、现在、未来的发展都应该考虑周全。

横向的传播讯息，是广结善缘的妙方；交流联谊，则是促进彼此进步的增上缘。我大开普门，接引各界人士、三教九流同沾法益。1989 年，我回到大陆礼拜祖庭、探视母亲，家乡师长亲友，乃至同参学生，无不扶老携幼，拖家带眷，前来拜访，一时之间，门庭若市。凡是与我曾经有一面之缘者，我都出钱资助，广修供养。

我觉得，人间的妙味是在人情味，能把人情味体会得精纯奥妙，则与世间必能相应。我刚成立东方佛教学院时，曾聘请方伦居士为学生授课，当他往生时，我为他张罗丧葬事宜；唐一玄居士也是那时的老师，后来他虽然到别处教书多年，我还是每个月定期将钱送到他家。有些人问我："他们已经离开佛光山多年了，为什么你还一直如此予以厚待？"我觉得：他们除了教授佛子以外，著述也很丰富，我这样做，无非是感戴他们为佛教作育英才及著书立说的贡献，从来不认为自己是在施恩于人，顶多是报恩感念而已。

长乐先生：很赞同“横遍十方”。有人说我是“得之于义，失之于义”。“得之于义”是说我广交朋友，朋友们也都帮我，“失之于义”是说我心太软，管理上下不了狠手。世界上很多东西都是矛盾的，比方说佛讲“慈悲为怀”，但是如果你太慈悲，很可能就一无所有；又比如普通人讲平常心，可能是为胸无大志找托词，这都是辩证的。所以，处理好这个平衡点很重要。无论如何，人都应该有基本的道德、礼仪，“义”对人来说就是一个基本的道德。

星云大师：我自佛光山退位以来，每逢山上重大活动，继任住持心平和尚都来请示："今年如何做呢？""参考往例吧！"我总是这样回答。这句话看似平常，却有很深的意义，早年的活动有我创业的理想，因此注重往例，便是力求与宗风相应，而随着时移世迁，凡事也应有所改革创新，故言“参考”，而不说遵循。这样的作风不但减少了做事的阻力，也使得佛光人从开会中学习沟通的艺术。

人情上的往来也不能偏废此理。例如，甲、乙二人工作勤奋，都很值得奖赏，但是我目前只有一份礼物，不知奖励谁好，在左右为难之下，我只得透过甲送给乙，并且对甲说：“我有一个精美的礼物要送给乙，请你替我转送，将来如果还有一份的时候，再送给你。”我这样一说，乙收到了礼物，固然心喜，甲也因为受到重视而感到高兴。如此一来，皆大欢喜。

长乐先生：儒家注重与身边的人建立一种和谐的关系。“义”是儒家五德——仁、义、礼、智、信之一。孔子的中心思想为“仁”，孟子的中心思想为“义”。

从小我受《七侠五义》之类的书影响比较深，很多章节都倒背如流。我喜欢关羽的义薄云天，觉得“义”是中国传统文化德行中最高段位的一种品质，也是最富男子气概的。

有一次我带朋友参观凤凰总部，发现主持人事务部设有两面照片墙，一面墙是黑白的，是我们现有的主持人；一面墙是彩色的，是已经离开凤凰的主持人或签约艺人。离开的人被放在更显赫的位置上，这件事使我很感动，我就跟属下说，请用我的名义给每一个离开凤凰的主持人发一封信，希望他们能回娘家看看，这里永远是他们的家，也会像大师那样为他们准备好热腾腾的汤面。

不是说人走茶凉吗？不是说不是朋友就是敌人吗？我不以为然，我觉得凤凰的整个工作层面上都强调做事先做人，做人要厚道，要有义气。得之于义也好，失之于义也罢，我宁愿“失之于义”，也不愿意对不起我的员工。

星云大师：我来台湾的最初几年，居无定所，经常随喜帮助别人：有人兴学，我帮忙教书；有人办杂志，我协助编务；有人讲经，我帮他招募听众；有人建寺院，我助其化缘……更有些老法师发表言论，怕开罪别人，都叫我出面，我义之所在，从不推辞。因此，一些同道们都笑我，说我总是被人利用来打前锋，当炮灰。

一直到1965年，我自行创办佛学院，年近八十的唐一玄老师在课余闲聊时对我说："给人利用才有价值啊！"我在高雄开创佛光山，没有多久，山下就有一家"佛光"饮食店开张。有人就跟我说："师父，为什么我们佛光山的名字给他们拿去当招牌用，我们应该采取行动阻止，否则外人都误会佛光山在做生意。"我也感到非常无奈，但是想到"佛光"能普照大地，不正表示佛教法力无边吗？不久，"佛光新村"、"佛光砂石场"、"佛光旅行社"、"佛光大旅社"、"佛光加油站"等都一一出现了，甚至台北、嘉义等地还有以我"星云"来作为大楼名称者。徒众更埋怨了，纷纷表示抗议。我告诉他们："诸佛菩萨连身体脑髓都要布施了，一个名字也算不了什么！我们的名字能够给人利用，也表示自己很有价值啊！"

长乐先生：曾国藩曾说"人以伪来，我以诚往"，我很赞同。平时，有人投诉说，一些员工不遵守劳动纪律，有时开个病假条去办私事，有的玩小心眼，把出差时间故意放到夜间，以多拿高额补助。按照严格的管理条例来说，他们应该被处罚，但是我有时还会网开一面，只要不是屡犯，都可以原谅。这之间的原则，也应该是个性化的、区别对待的，需要管理者去把握。

同时，在员工需要帮助的时候，我们要百分之百努力，要向对待自己的家人一样，不能往外推，不能心疼钱。我们的主持人刘海若受伤之后，我们全力保障她在内地和香港治病，甚至通过安排她重返主播台来激励她康复。普通员工得了病或家里出了事，公司也一样管。一位老员工的父亲病重，他不愿意总是请假，要求停薪留职，回去照顾父亲。面对这样的孝心，我说，你回去替我好好照顾老人家，而你的薪水公司照发。

不管市场竞争多激烈，我都觉得还是仁义、厚道的公司值得信赖。员工信赖你，公司才有凝聚力。

还有一些关于“义”的小事，比如我们公司逢年过节会给各方朋友和客户寄贺卡。有一位和凤凰有些小过节的地方领导退休了，我却记着每年给他寄贺卡。后来他得了病，我专程坐火车去看他，带着各种慰问品。他感叹说，知道我为什么感谢你吗？我下台的第一年，我收到的贺卡减少了90%，到了第二年基本上没人给我寄了，被遗忘了。但是，我收到了你寄来的贺卡。我过去为难你们，你们却以德报怨。我说，这在凤凰只是一件感恩的工作，我们的原则是给所有凤凰的朋友和客户寄贺卡，退休的朋友也是朋友，而且是最不能忽视的朋友。

星云大师：世间一切事相都是互相缘起，而愿与众人一齐享有互相利用的成果，就能发挥利用的最高价值了。我深深感到：有“因缘”，就有希望；有“因缘”，就有方便；有“因缘”，才能成就一切。“因缘”，实在是美妙无比！所以我不时提醒自己：不但要感谢过去的“因缘”，把握现在的“因缘”，更要培养未来的“因缘”，为自他开拓光明的人生。

◎“诚信”是金字招牌

长乐先生：有一次，凤凰在香港召开股东大会，一位特意从内地赶来参加的股东在建议书中说：“我们最引为自豪的，是凤凰的诚信……”我当时听了非常感动。“诚信”二字，就是企业的金字招牌，尤其是对媒体而言。如果你说的话没人相信，那这个媒体还能持久吗？你总是骗人，你的企业能长久吗？

在我们传统的道德中，诚信是作为个人道德的一部分而存在的，但对于现代社会，信用是对整个国家和社会的总体要求，是对未来的一种承诺与抵押。在人际关系、商业关系中，道德常常能填补智慧的缺陷，而智慧却永远填补不了道德的缺陷。信息，信任，信誉，三信共生就是义，包括尊重他人的信仰和隐私，尊重与自己不同的文化，尊重世界通行的游戏规则，尊重反对自己的人……

信誉施与四海，信誉自生。

已诺不信则兵弱。这是真理，违背了就会受惩罚。

星云大师：信用可靠是经商之道。商人不论经营的商店大小，一定要有信用，有了信用，各方顾客也就会云集而来。一个有招牌的商店，它的信用远近皆知，主顾之间，都能互相信任。因此，有时候顾客上门，手头不便时可以赊账，等到逢年过节才来结账，甚至平时只要招呼一声，所需的物品立刻包装完毕，就能方便带走。古老的中国社会，视“信用”为人的第二生命，哪像现在的退票、假货、仿冒等行为层出不穷，真是人心不古。

长乐先生：有一个知名刊物的记者问我：你认为一个优秀员工的标准是什么？我说，第一是忠诚，第二是能干。我所说的忠诚并不是从一而终，永远对老板和上司唯唯诺诺，而是一种职业责任感，是承担某一责任或者从事某一职业所表现出来的敬业精神。巴顿将军曾说过，只要忠诚就能做到不折不扣地执行，只有忠诚的士兵才会情愿为他的国家流血牺牲。一个人的忠诚度越高，他的执行力也越强。

荀子说：“言无常信，行无常贞，惟利所在，无所不倾，若是则可谓小人矣。”现代人有一种逆反心理，也许正是对忠诚的误解，使我们不知道什么是真正的忠诚，导致中国在进入商品经济社会之后，陷入了诚信危机。

星云大师：诚信是社会关系的黏合剂，能使夫妻之间和谐生活，商业买卖不受损害，政治体制安定稳固。没有诚信，婚姻将会失败，选民将会变得冷漠，企业将陷入混乱。

所以，做人要对上不欺天，对下不欺人，对内不欺心，对外不欺世。

长乐先生：抱朴守拙向来是中国哲学中的最高智慧，傻人有傻福，这是民间的经验总结。所以人还是要讲诚信，不要总是想着怎么占便宜。

星云大师：成功失败，不在于风水，不在于命运，不在于鬼神，甚至不在于别人的破坏；成功的条件，在于自身的健全。佛教言："如是因，必得如是果。"没有经过春耕夏耘，如何能有秋收冬藏呢？因此，一个人之所以成功，必有成功的原因；之所以失败，也必然有失败的理由，成败之间，操之在我，能不慎乎！

◎学习当一个勇者

星云大师：现在的人，学习知识比较容易，学习当一个勇者比较困难。有的人平时逞强好胜，但在危难之前，容易为人收买，忘失身负的重任，忘失做人的骨气。所以，真正的勇者，没有多年的修心养性，是不容易成功的。美国的航天员在升上太空以前，都要修习禅定，因为禅定能养成一个人的勇气。当一个人在生死之前，都能无所畏惧，还有什么不能勇敢的呢？

长乐先生：《有报天天读》的杨锦麟，既是我的员工，又是我的兄弟，我尊称他为"杨先生"。这是个敢于唱反调提意见的人，曾经扬言要在凤凰卫视成立"团结工会"，但我看中的是他面对生活时的那份真诚、认真与勇气。

在20世纪血统论猖獗的年代，时机与时运似乎总在与我们作对：刚懂事时饿了一家伙，上学时乱了一家伙，尚未成人"下"（上山下乡）了一家伙。

杨锦麟是个出身不好的“黑五类”子弟。一个所谓的出身，能给他带来一百次噩运。

八年知青岁月，为了争取做一个“可再教育好的子女”，他使出了浑身解数。干农活直累到尿血，腰疼病终生无法痊愈。而等待他的只有苦难和挫败。打击一个接着一个。

良种场的活轻一点，家里有点权势的同学都往那儿拱。杨锦麟靠着竭力表现，好不容易拱进去，没几天就被踢了出来。偶然的机会，杨锦麟当上了小学代课老师，却被揭发出“黑五类”的家世，立即被驱逐。

还有一次，知青点分到一个上中专的名额，杨锦麟得知自己已经被提名，为保险起见，他连夜赶了80里山路，去县里求人，结果还是被掉包顶替了。堂而皇之的理由是对方苦大仇深，可知青队都传开了，对方送给公社一部翻斗车，当时绝对的紧俏货。

杨锦麟不愿意忘记自己的苦难，因为他的苦难是时代的苦难和民族的苦难。因而，他困惑于自己同龄伙伴的大多数，“似乎总是愿意告诉人们当年最美好的一面”，而忽略“精神和灵魂深处感到惊吓战栗的那一面”，这到底是善意的回避，还是刻意的遗忘?

自省，是一个民族是否会变聪明的标志。大爱思过，大爱坦荡。

十年炼狱，起码让杨锦麟明白了三个道理：

一是珍惜机会。如果一个人用数年的血汗和连夜走80里山路的哀求，尚不能争取到一个上学的名额，他一定知道“机会”二字意味着什么。

二是勤劳肯干。无论是农民还是渔民，手停意味着口停。冒死出海，才能让自己活得好，活得踏实。

三是自信人生。喜欢你的人不再喜欢你，但是你自己要喜欢自己，对你有信心的人不再有信心，但你要对自己有信心。把自己当成一个皮球，别人越骂你，你的气越足，蹦得越高。

《有报天天读》这个节目的名字是我起的。“天天读”这个词汇来自于大陆“文化大革命”中的毛主席语录天天读，是一个鲜明的符号，它的文化信息含量有历史纵深感。而这个节目的内容则是跨行业思考激发出的灵感。我以前是搞广播的，中央电台的报纸和新闻摘要节目当年是个大名牌。我综合考虑这两点，定下了这个节目的样式。

而走上前台这个读报的杨先生也出人意料：他年过半百，身体发福，一身唐装，普通话和英文的发音不准。他说，我这种“变音国语”、臃肿身材、长相平凡、年过半百的人物，在内地任何一家电视台，不仅没有机会上岗，即使哭着喊着争取在电视台当个保安门卫，也未必有机会，更遑论被毫不犹豫地推到前台。

以正统规范播音，杨锦麟的口音简直不可饶恕。浓重的闽南口音，“花”“发”不分，“飞”“灰”不辨，吃饭在他嘴里变成“吃患”，岳飞读成“岳灰”，连家乡福建经他一读也成了“胡见、胡见”……凤凰卫视的福建同乡程鹤麟总是拿他开涮：“这厮总是将‘幸福’读作‘性壶’，无论他说国语、粤语还是英语，其实全是一个‘闽南调’。”杨锦麟“冒冒失失”地开口，更多地源于他对电视的“无知”，正所谓无知者无畏。

尽管杨锦麟有瑕疵，却依然是一只稀世之鸟，有一种稀有的本事：让自己的节目有魂魄、个性化。在他个性化的报章解读中，真性情拉近了杨锦麟和观众之间的距离；真学问、真智慧，赢得了观众的真喜爱、真钦佩。可以见人所不见、言人所欲言而不敢言不能言之言……新闻的背后，有读报人的七情六欲，更有其集数十年功力于一身的见地。节目播出不到半年就成为广告价值六千万的名牌栏目。

这也是一种勇气。

星云大师：佛教讲究“修行”，其中要修的一种就是不断进取的勇气。懦弱的人很容易被人打倒，甚至有的人不等别人打，自己就先倒下来了。其实人是不应该被打倒的，只要你有勇气，什么样的难关不能通过，什么样的苦难不能担当呢？松竹梅都要经过寒霜雨雪的考验，人有勇气和困境奋斗才能生存。

长乐先生：勇气十分珍贵。西方一位著名的传教士亚瑟·史密斯曾经说，中国人最缺乏的不是智慧，而是勇气和正直的纯正品性。有人说，这个评价，虽然历经百年，如今依旧准确诊断出中国综合征的病因。我觉得，证明一个人有没有勇气，一个重要的体现就是你敢不敢承认自己的错误，尤其是作为领导者。大师，您怎么看？

星云大师：好"面子"，"死不认错"是一般中国人的通病。其实，认错，是要有勇气的。1971年时，我想将朝山会馆的建筑列为佛光山第一期工程。因为我觉得：现代佛教应该适应社会大众的需要，要能够提供好的食宿，才能让信徒安心欢喜地朝山拜佛，所以建议设立一座美轮美奂的朝山会馆。不料很少信徒支持这项建设。眼看工程无法进行，有一天，慈惠法师对我说："台湾的信徒还不懂什么叫做朝山会馆，他们只希望有殿堂可以拜佛，师父应该先建大雄宝殿才对。"我一听，觉得她的话非常合理，于是立刻修正，因此佛光山后来的建设一直非常的顺利。假如当初我只凭理想，没有"认错的勇气"，又何能有后来的方便呢？

你想，如果师父也是一个"死不认错"的人，久而久之，上焉者不敢违抗，只会唯唯诺诺，没有深思远虑；下焉者遵循效法，只知指责别人，不能检讨自己。这样一来，佛光山哪里能突破创新，为众谋福呢？以我多年来授徒的经验，凡是能够接受教诲，"勇于认错"的人，大多进步得快；凡事觉得自己全部有理，"死不认错"的人，大多在原地踏步。

长乐先生：自由市场经济学泰斗傅利曼是诺贝尔经济学奖得主，他在2001年表达了他的懊悔。他说，十年之前，我对那些正从社会主义制度转型的国家只有三点建议："民营化，民营化，民营化"。十年后，我发现自己错了，"后来的发展显示，法治比民营化更重要，更为根本"。

另一位是美国人尽皆知的儿童心理学家 Benjamin Spock（史巴克），他的著作销量仅次于《圣经》。史巴克医生主张无限自由的教育方法，但在晚年，他表示，无限自由的观点错了，他极力提倡人生要有信仰，家庭重于一切，与他年轻时提倡的完全不同。

承认错，确实不简单，尤其对身居高位者或德高望重者，但是傅利曼和史巴克的认错，并不影响他们一代宗师的盛誉，反而让人觉得他们心胸开阔，容纳异己。勇于认错对于我们普通人来说是一种特别有价值的品质，有勇气开拓，有勇气认错，才不会错过发展的契机。

◎一碗热汤面

长乐先生：前不久，我们《文化大观园》摄制组到大师您住持的江苏宜兴大觉寺采访，由于飞机晚点，到达时已是晚上十点多钟。天下着雨，春寒料峭，众人在黑暗中边走边打冷战，心想如果到了地方能有一杯热茶就好了。突然，他们看到远处灯光明亮，原来大觉寺已在眼前，大师带着弟子们还端坐大堂里专心等候。施礼之后，大师吩咐说：赶紧给凤凰摄制组端上热汤面！

几分钟之内，一碗碗冒着热气的汤面递到了大家手上。在那么一个寒冷的夜晚，吃到一碗香味扑鼻的汤面，从身体到心头都觉得温暖！后来他们才知道，星云大师发心以后，任何来到他的道场和寺院的人，都可以吃上一碗热乎乎的汤面。

星云大师：这和我早年的一个经历有关。四五十年前，我替一位长老主编一本佛教的杂志，有一次加班到晚上 9 点才完成，虽然长老说次日才要，但我既然完成，就连夜从万华坐火车到北投去送杂志。下车后，天空下起毛毛细雨，我怕杂志被雨淋潮，就把衣服脱下来包着，扛着杂志上山。

那山有四百多个台阶，爬上去已是大汗淋漓，外有雨水内有汗水，见到长老已经是夜里十一点多钟了。他看到杂志很欢喜，说我很负责任，请我住下。

次日早晨，我出门才发现大概是为了我的安全，门从外面反锁，到9点多，我还不能出来。倒是那位长老想起来，慌忙来给我开门。之后，我就跟长老告辞，他说："不要走，今天中午，我请台北来的客人吃饭，你帮我的忙吧。"我就这样留下来帮忙，一直招呼客人到下午一点多，才开席。

本来是两桌饭，才来了七八个人，我想，老法师坐在一个桌上陪客，我也坐一桌。我做过住持，也做过校长，还是杂志的主编，我也可以陪陪客人。但是我是晚辈，长老就说：你这孩子怎么不去厨房吃饭呢？我就到厨房去，厨房里因为宴席有很多人在里面，我不认识一个人，不好意思进去，就从厨房外面弯过来，下山了。

四百多个台阶，我早饭没有吃，前一天的中饭、晚饭也都没有吃，等于是超过二十四小时没吃饭。那四百多个台阶好像不是台阶，我仿佛是踩在棉花上，腾云驾雾般，飘飘地到了山下。

感谢佛教的教义，我一点都没有怀恨的心，反而激发我一个愿力：将来有一天我如果有寺庙的话，一定要给人吃饭。后来我在台北建了普门寺，普门大开，要吃饭的人统统请进。

别人以为我只会弘法，其实我还有一个心愿就是给人吃饭。

长乐先生：慈悲心是大师的人格感染力之一，也是大师今天能够创立宏大事业的基础。学者们在研究管理学的时候，都讲到东方的管理学和西方的管理学有很大的不同，东方式管理强调人性化，强调情感；西方的管理强调规章、制度、法律。我个人比较崇尚有人情味的管理方式，我觉得大师给我们很多的启示，比如人心换人心，无我利他等。东方的管理方式，可能有些弊端，有些不是很自觉的人，可能会钻空子，但是我自己认为不碍大局，时间长了，他们会感受到情感的力量，这种情感所产生出来的那种自发的、自觉的约束力，可能比硬性的规章制度更好。

星云大师：人人心中有佛性。三十多年前，佛光山沙弥学园刚刚成立时，有些家长将家中智能较低、无法管教的孩子送来，我本着佛法不舍一人的信念，全部收容下来。这些孩子虽然反应差，不念书，但是顽皮好动的本性，比起一般儿童来，却有过之而无不及。一些老师向我反映，这些孩子只会捣蛋、坏事，而不知感恩，不如将他们遣回。我说："让我来教他们吧。"

我经常拿一些文章给他们抄，并且不时以爱语鼓励。几年过去了，他们从抄写中了解读书写作的脉络方法，渐渐变得聪明起来，后来自己投稿登在《觉世》旬刊上，高兴地捧着佳作给我看。

不久，我在东山建了一座篮球场，每天和他们玩，久而久之，他们从打篮球的游戏中，学到了遵守规则、忏悔认错、礼让对手、人我合作的理念。有的孩子甚至无师自通，竟然成为山上最会修理水电的技工，连外面请来的工人看了，都自叹不如。

有一回，其中一个沙弥骑着摩托车出外找水电材料时，不慎被来车撞上，立刻倒地，昏迷不醒，抱到医院急救，睁开眼睛的第一句话是："请你告诉师公，我已经好了。"谁说他们只会捣蛋、坏事，不知感恩呢？

长乐先生：说到这个问题，我想到一句话："善乃至宝，一生用之不尽；德为良田，百代耕之有余；富贵贫贱，知足即为乘意；山水花竹，得闲便是主人。"这是有意境的。善乃至宝，大善为德。2009年8月8日，台湾遭遇五十年来最大的水灾。8月17日晚上，凤凰卫视联同多家单位共同主办了《88水灾关爱行动》筹款晚会，所有捐款在晚会后都实时封箱由香港红十字会转交台湾。据我所知，大陆在这次救灾中做了很多努力，不管是人力物力都贡献了很多。

星云大师：是的，大陆这次捐了好多亿，还到台湾来救灾，各阶层、包括我在大陆的朋友——一些寺庙都有捐献。风灾那天，我人正在上海，台风一停，我马上就回台救灾。当时中华宗教文化交流协会与中国佛教协会，紧急捐助五百万元人民币，托我转交灾区。到了台北，我就把这五百万元人民币和我们捐的一千万元新台币，通过佛光会秘书长觉培法师，一起送到台湾“内政部”。这是“内政部”收到的第一笔捐款。

上一次，四川发生大地震，面对灾情，两岸人民救灾不分彼此。这一次，台湾发生风灾，大陆的表现也难能可贵，官方、团体、寺庙、朋友纷纷赈灾，涌现出一些很感人的事迹。我觉得，灾难是不幸的，但也拉近了两岸人民的感情和交情，展现出对中华民族的信心、对未来的信心。世界本来无常，天灾人祸难免会有，最重要的是，灾情发生后，我们对民族的信心、对未来的信心，不能随着无常而去。只要我们的信心不倒，苦难就打不倒我们，家园就得以重建，这叫做苦难生信心。

长乐先生：佛光山在此次台湾水灾救灾过程中贡献也很多，你们发动了数万名义工，每天有上千人在灾区工作。大师亲自带领弟子一个多月不眠不休，除了在现场救灾外，还在佛光山的学校收容了2000多位灾民，一直安顿了他们一个多月时间，直到灾情平稳。

凤凰的主持人陈文茜小姐在台湾特大水灾发生后去了佛光山，她看到有上千个难民住在那里，一些排水孔的出口之处有苍蝇和尿臊味，原本清净美丽的佛园乱哄哄的，但佛光山的法师们总是一声不吭，微笑着拎起水桶，把地板刷洗一番便是。因为不忍心见灾民因口腹之欲受苦，佛光山还破天荒花钱请灾民吃肉，并破例开辟了吸烟区和槟榔区，不时可以见到一群红唇族在这里吞云吐雾。

不改变灾民信仰，不改变灾民生活习惯，您就是用这样的大度与开明影响弟子的。

一位80多岁、只会说布农族语的老婆婆说，这是上帝的安排。

您回应说，再没有比这句话更好的回报了。

只此一句，便见胸怀。

星云大师：我们出家人不是救灾方面的专家，作为宗教团体只是从旁协助，尽一点心，不敢居功。我们提倡小小的布施，给予就是舍得，肯舍就有所得。我们收容的灾民也让我们很感动，他们临走的时候还唱歌向我们表示感谢。我觉得，社会有了人情、仁义，就变得可爱了。

◎将心比心，怨亲平等

长乐先生：有些人觉得人际关系难处，常常抱怨单位里钩心斗角啊，人际关系复杂啊。其实，哪里关系不复杂呢？看不懂就不必看，做好自己就好。自己怎么做？"在人之上的时候，把别人当人；在人之下的时候，把自己当人。"

奥巴马在竞选的时候，有记者问了他一个关于副总统候选人裴琳女士的问题。记者说，裴琳有一个十八岁的女儿未婚先孕，你怎么看？这个记者想出裴琳的丑，问题一说出口，在场的人都很紧张，但奥巴马却很轻松地说：我妈妈也是十八岁生的孩子。

这个回答非常了不起，因为他不是站在一个评判的角度去谈论这个问题，他用那种最谦卑的方法去思考问题、回答问题，这是真正的"将心比心"。他的这个回答让在场的新闻记者都很折服。

星云大师：人际之间如何相处？一般人总认为自己很伟大，别人都不如我，因此常要跟人家比较。过去有人举个譬喻：中国人的民族性有如雄鸡，只要一只公鸡"咯咯咯"一叫，其他的公鸡马上就会跑来啄它的头和鸡冠，不准它抬头，不许它超越自己，更不许它比自己高明。

我说个例子，佛光山有个普门中学，学生当中有一个女生长得很美丽，人称“校花”，可是这个“校花”之名却为她带来很多苦难。许多人讥讽她、开她玩笑。后来有一个机会我与学生谈话，我说：“同学们不要这样，你说她美丽不好，难道要我们普门中学每一个人都是丑八怪，你才欢喜吗？一个同学成绩好、很优秀，很受老师欣赏，你就要嫉妒，难道要大家成绩通通都不好，你才欢喜？”

长乐先生：我有一位朋友，他最大的优点是从来没有在背后说过别人的坏话。这一点很了不起。谁没有妒忌之心？谁没有愤懑之时？这位朋友难道对别人真的没有意见？肯定有，但是他真的能做到不背后说人是非，这很难得。

人在社会上有朋友，也有敌人。不一定是战场上两军对阵，杀得你死我活，才叫敌人；商场有商场的对手，同行有同行的冤家，利益有利益的敌人，“同行相嫉，文人相轻”，很多人背后说别人的坏话，其实还是出于嫉妒的心理。

星云大师：基督教说“爱你的仇敌”，佛教说“怨亲平等”。其实，人生最大的敌人不是别人，而是自己。

外交上有一句话说：“国际间没有永久的朋友，也没有永久的敌人。”人与人之间，有时候朋友可以成为敌人，有时候敌人也会成为朋友，就看我们对人的态度、看法如何。

有不少徒众跟随我，我告诉他们：一支钢笔，送给他而不给你，你不但不能嫉妒他，反而要欢喜他；因为他是你的前辈，他没有，你就不可能有；这次他拥有了，下次可能就轮到你有了。因此，我们要有“让别人有，我没有无妨”的心量。

只知向人家要求，是贫穷；懂得给别人，则表示富有。不过也有人说：“我既没金钱，也无宝物，没有东西可以给别人，但是见到别人拥有，心里很欢喜。”这就是心里的富贵。从建设心里的富贵起步，自然就会有乐趣。

所以，现代青年应有什么样的观念？第一要从退让中体验乐趣。在《百喻经》中有一段故事比喻说：有一个人家来了客人，父亲就向孩子说："儿子啊，客人来了，快到街上去买些酒菜回来。"儿子去了好久都没回来，父亲就跑到街上去找，一看，儿子在街上和一个人面对面站立，父亲向儿子询问原因，孩子说："这个人很坏，我走到这里，要他让个路，他就是不肯，而我也不想让他，所以我们两个人就在这里僵持了很久。"父亲一听，就说："孩子，家里来了客人，你先把酒菜拿回去，爸爸来跟他谈一谈。"像这样双方不让一步的情况，也只有增加彼此的苦恼了。

有人问我：怎么把佛光山建在穷乡僻壤的大树乡？我说这是以退为进。因为当初我住在台北，有人请我吃饭，不能不去，你不去，他会说你看不起他；有人要找我开会，不能不去，你不去，他说你不合作；为了要看得起他、为了要跟他合作，天天都忙得不可开交，忙得找不到自己。况且在人多的地方，还得受人我之间一些冲突的影响。这么一退，来到穷乡僻壤的乡村，只有我自己住，没有人麻烦我、阻止我、障碍我，同样能成就事业；不一定要去强求。所以，退让不是没有力量、不是消极的；退让是智慧之举，更需要大勇猛。

长乐先生：所谓"自谦则人必服，自夸则人必疑"就是这个道理。让步非但不会降低自己，反而赢得了敬佩和更大的发展空间。

星云大师：我在佛光山的一次徒众讲习会中告诉大家："什么人能干，什么人不能干，从一个小地方就可以看出来。凡是能干的人，叫他做什么事，他大部分都是承诺："OK！ OK！没问题！"不能干的人则推三阻四，事事拒绝："这个不对，那个不可行。"当然有很多事情实在不容易做到，但是我们在拒绝的同时也要有代替，不要让对方难堪，要时时想到给别人一个助缘。

二三十年前，经常有信徒的子弟来找我，希望我能为他们介绍一份工作，或者推荐他到某机关任职。那个时候人浮于事，要找一份差事很不容易，更何况自己也不知道帮他介绍的工作适不适合，更不知道他的耐心、恒心、毅力究竟如何，但是基于和信徒之间的香火因缘，总想要助他一臂之力。

于是千辛万苦，打听联络，穿针引线，好不容易帮他找到职业，赶忙去通知他，不料对方却说："不要了，我已经在别处上班了。"我当时心想：自己白费一场心也就算了，但是对机关主管失去信用，要我如何交代呢？他们也是卖一个面子啊！

这种情况几次以后，再有人找我介绍工作，我心里虽也起了警觉，但轻言拒绝，断了别人的信心，总是于心不忍，所以我想出了一个代替的办法，就告诉他："你先看报纸的寻职栏，或者我提供一些数据给你，你认为这个职业和你的能力、兴趣吻合，就自己打电话过去。"对方往往说："不行啊！他们不认识我，又没有人介绍，不会采用我的。"我告诉他："你可以向机关行号的主管介绍自己的专长，并且说：'我让你试用两个月，两个月以后，如果你觉得我可以用，再续用；如果你觉得我不适合，我就走。我是来让你试用的。'老板听说你是来让他试用的，他不需要负什么责任，也没有人情负担，就会试用你。如果你能经得起试用，可能就会一帆风顺，前途光明；如果你经不起试用，那就得重新调整自己，重新学习。"经过我这一番分析说明，年轻人求职大都能无往不利。

代替拒绝不是简单的表面功夫，必须打从心里先不要有抗拒、排斥的念头，从而平心静气面对问题，寻求解决之道，切忌鲁莽行事，迁怒别人。有许多人说："师父，您何必如此客气，直接说明拒绝就好了。"当然，拒绝只要一句话，非常简单，但是它具有很大的杀伤力；我宁愿自己麻烦一点，找寻代替的方式，让对方能够接受，让对方能够成长。我每到一地，均十分留意当地的事物。数十年来，我发觉教育出问题的地方，往往在于父母师长习惯以拒绝的态度来对待下一代；而人际关系出了问题的人，大都在于他们经常用拒绝的方式来否定别人。

在此奉劝诸位：要给人信心，要给人欢喜，要给人希望，要给人方便，即使不得已要拒绝，也不要轻易地就拒绝，而要有代替地拒绝；不要立刻就拒绝，而要能婉转地拒绝；不要无情地拒绝，而要有帮助地拒绝；不要傲慢地拒绝，而要有出路地拒绝。

即使拒绝，也要让对方感到欢喜。

◎“我”就是自己的贵人

长乐先生：请问大师，有没有什么人对您一生影响巨大？

星云大师：应该是我自己。人生自己要争气，自己不争气，光靠别人帮忙是没有用的。其实，对我一生有影响的人很多，不只是某一个人。可以说，全世界的人都对我有帮助，尤其那些与我有缘分的人、发心的人，对我的影响特别大，因此不能说影响我的是某一个人。好比一颗种子，要有缘，才能成长，土地、水分、阳光、空气、肥料就是它的缘，或叫做因缘。同样地，我们的成长也要靠因缘。

长乐先生：在人生的事业中，有人特别会提到“贵人”提携，认为贵人会在时间上、空间上提供机遇和捷径，那么，是不是只有遇到“贵人”我们才能成功呢？

星云大师：并不尽然。回顾我的一生，贵人在哪里？“我”就是自己的贵人！有些年轻人常说，越成长，幼时的梦想越走越远。其实，你需要的只是努力，努力，再努力，你自己也可以做自己的贵人。

我们对着佛像称念“阿弥陀佛”，那么菩萨对着佛像又是念什么？他也是念“阿弥陀佛”。因为求人不如求己。这个世界应该提倡自我的发展，不能老是依赖别人。人要有尊严，要图利天下，不能要求天下来图利我个人。所谓自救才能救人，才能救天下。每个人都是自己的贵人，天下人也都是自己的贵人。

贵人仅仅是缘分。你与我有缘分，对我有助力，帮助我成功，这就是贵人。你为我说了一句好话，给我指点了迷津，或者在其他地方为我结了一个善缘，助了我一臂之力，给我做了一个榜样，都是我的贵人。

人间充满着许许多多的因缘，每一个因缘都可能将自己推向另一个高峰，不要轻忽任何一个人，不要疏忽任何一个可以助人的机会，学习对每一个人热情以待，学习把每一件事做到完善，学习对每一个机会充满感激，相信，我们就是自己最重要的贵人。

长乐先生：是。世界上没有随随便便的成功。美国六位最有钱的富翁都是白手起家，他们每周平均的工作时间为五十六小时，比尔·盖茨最高达八十小时。据《洛杉矶时报》报道：意大利人每年有四十二天带薪假期，法国人三十七天，德国人三十五天，英国人二十八天，但美国人实际上只休息十四天。正是这种工作精神，这种努力程度，使得美国人有更多的科研成果，有更多的诺贝尔奖，也有更优越的生活。

一个人如果只想着八小时的工作和生活方式，从不愿意在八小时之外去工作的话，不可能取得成功。

◎我如善导，导人善路

长乐先生：刚才大师也讲了，贵人的概念实际上是非常宽泛的，对自己成长有帮助或者深深影响了自己的人都是贵人，包括精神上的和行动中的。在领袖人物中，我就非常崇拜邓小平先生。我觉得是他使咱们中国人有资格，也有脸面与世界其他民族、其他国家的人们平起平坐，平等交往。

可能很多西方人士并不理解邓小平为中国老百姓做过什么，只有那些经历过痛苦和贫穷的中国人，才能够通过改革开放带来的富足和自由，深深地体会到邓小平的不容易。

星云大师：邓小平先生应该算是刘总裁的“偶像”。人应该要有偶像的观念，有偶像才能见贤思齐；如果没有偶像观念，则没有学习、效法的对象，就如同没有地标，前面的路不知道怎么走。

偶像观念，人皆有之。有人把你父母的照片撕下来，放在地上用脚去踩，你一定会上前给他一拳，质问他：“为什么侮辱我的父母？”“咦？那只是一张纸、一个偶像，计较什么？”你会说：“不行啊！他们是我的爸爸妈妈。”

人要建立心中的价值，世间的事物无所谓贵贱，但心目中的价值会有贵贱。因此，凡事不要只从相上去看，而要看它在我心中所显现的价值，那才重要。

心中有偶像，能启发见贤思齐的能量；眼前有目标，能激发勇往直前的力量。

每一种宗教都劝人要有信仰，其实，偶像也是一种信仰。古人说：“就有道而正焉。”良禽也知道择木而栖，忠臣也知道就明君而仕，何况信仰，也要选择好的对象。

品德高尚、人格圣洁的人可以引导我们向善向上，古人说：“无友不如己者。”又说：“水往下流，人往上爬。”我们的人生也需要一支强而有力的拐杖做我们的依怙。我们信仰的对象，也必须具有能够自度度人、自觉觉人的大善知识，以引导我们走向正道。《佛遗教经》说：“我如善导，导人善路；我如良医，应病与药。”相信善导的指津，可以走上光明的道路，到达目的地；相信良医的诊治，可以获得阿伽陀药，治疗烦恼疾病。

财富

心不正，则术不行。不用钱，就最有钱。出家人就是财神爷。好的观念就能获得财富。钱是什么？是流动的水。谁能把水留住？放在地上，它流走了；放在容器里，会干涸；即使喝到肚子里，它还会溜走，何不用它成全事业？

◎不用钱，最有钱

星云大师：佛教也非常重视经济，主张发展净财、善财，甚至推广开来还有智慧财。佛教对财富的看法，非常重视均富、共有、施他、利济。佛陀当初实施僧侣托钵乞食制度，主要就是因为他对财富的观念，主张“裕财于信众”，让僧侣借托钵时，信徒布施饮食，僧侣施与教化，所谓“财法二施，等无差别”。

过去，香港的计程车司机拒载出家人，因为他们认为出家人光头，会使他们一出门就赚不到钱，乃至赌钱赌马也会输光光。为了改变港人的成见，每逢搭计程车，我都在车资以外，附上丰厚的小费，给他们欢喜，让他们发财。我给小费，因为我觉得小费是小小的布施，小费是欢喜钱，给小费就是有人情味的表现。我现在在香港坐计程车，司机反而不收我的费用了。

有一次，我在红磡体育馆演讲时，对听众们说：“出家人就是财神爷，能带给众生物质与精神、世出世间的财富。”台下一片掌声雷动。经过多年的努力，香港人现在很喜欢出家人，尤其喜欢听闻佛法，因为闻法会改变观念，好的观念就能获得财富。

长乐先生：把钱看成目的，还是把事业看成目的，是完全不同的两种人生观。钱是什么？是流动的水。谁能把水留住？放在地上，它流走了；放在容器里，会干涸；即使喝到肚子里，它还会溜走。既然留它不住，何不顺水推舟，成全我们的事业？

现在很多人都想发财，大师这方面能不能给我们一些开示？

星云大师：真正的学道人，先学贫穷，金钱少，挂碍就少；金钱多，挂碍必多。一个人如果能安贫乐道，才懂得在贫穷里面不屈不辱。你有道，眼睛闭起来，世界便在心中，心里的法界，心里的宝藏，心里的安乐，心里的愉快，千金难买。

学道的人不要怕贫穷，只求有道。

你不要用钱，你就最有钱。因为钱用了就没钱了。我这一生除了极少的几次以外，没有到过百货公司，也不去超级市场，也不去买东西，你让我顺便带些东西，我也不会。

有一次在香港，转机要等一两个小时，我看到别人在零售商场走动，我也去看。我看中一个文具，好像是五十块港币，我没有钱，因为我身上不带钱。这时我们的一位长老慈惠法师远远走来，我就喊她："慈惠法师，向你借五十块钱。"她问："你做什么？"我说："我要买东西。"她听我一说，看了看那文具，丢下一句"那个东西不好"就扬长而去了。所以钱不是坏东西，人还是有一点钱比较好，当时我要有钱就自己买了。

这是个笑谈，但是我的确觉得，自己是天下最富有的人，为什么？人家跟我说："星云大师，你是出家人，不出家的话，一定和王永庆、刘长乐一样，是最有钱的。"其实，王永庆、刘总裁你们跟我比，我虽然能力比不上你们，可是财富你们比不上我。我虽然没有很大的修行，但是我心中时时感觉到宇宙、世界、地球都是我的。

很多年轻人出家后，身上也都没有钱，为什么他们能在佛门内安心修道，觉得自己很快乐呢？因为他们心里有财富，宇宙、地球都是他们的一笔财富。

长乐先生：佛陀一生弘法，到最后，他对弟子们说："我老实告诉你们，我这一辈子给你们说法，其实我什么都没有说。"有的弟子一听就急了："你老人家讲了一辈子佛法，却还说什么也没讲，那你走了以后我们怎么办呢？"佛陀说："以觉者为师。"

以觉悟的人为老师，是生活的高境界。

大师面对财富的悟道，使自己拥有了无尽的财富，包括精神的和物质的。大师手中虽然没有钱，但是您主持的佛光山很有钱，佛光山靠着大师的威望、品格以及在佛教界结下的诸多善缘，很多商家巨贾愿意为你们捐香火。您通过弘扬佛教传播文化，把中华文化带到世界各地，在五大洲都建立了宏伟的寺庙，如西来寺、南华寺、本栖寺……

星云大师：佛光山几百个道场，都是信徒的，都是大家的。我与信徒开会时经常都说："各位董事、各位老板，欢迎你们回来，现在我们员工要向你们报告，我们做了什么事。"我跟信徒是这样的关系，所以我不觉得那些道场是我的。如果想那些都是我的，我现在就不能在这里跟大家讲话了，我会烦恼，会罣碍，就不能像现在这样轻松自在了。

长乐先生：《次柳氏旧闻》记载了一个有趣的故事：唐肃宗在当太子的时候陪着唐玄宗吃饭，玄宗让太子去割羊肉，太子割完羊肉后，见手上都是油污，便顺手拿起一张面饼擦手。唐玄宗盯着他的脸，露出不高兴的神色。太子擦完手，把饼送到嘴边，有滋有味地吃掉了。于是唐玄宗转怒为喜，对太子说："人就应该这样……"

唐玄宗贵为天子，却能爱惜粮食，正所谓"君子爱财，省之有道"。

星云大师：节俭是一种美德，这与富裕不富裕没有关系。过去，我省吃俭用，每到一处便广为搜集佛教文物。为了节省运费，我抱着沉重的佛像法器、经书圣典，国内国外，上机下机，出入海关，往往引起旁人奇异的眼光，甚至被讥为经商贩卖。后来，从台北到高雄，从国内到国外，因为我的努力，近十间的图书馆成立了，佛光山、西来寺、巴黎道场的佛教宝藏馆完成了，我的心愿逐渐实现，见到正信的佛教徒日渐增加，虽然数十年来屡赔不赚，还是觉得非常心甘情愿！

我坚持办学，自奉更俭，每获些微供养便购买桌椅文具，而且时时留心延揽饱学之士来院授课。为了筹建东方佛教学院，不主张赶经忏的我也曾到太平间通宵诵经。在筹设中国佛教研究院研究部时，我率领学生煮饭卖面，以诚心及劳力募得资金，终于把学校办了起来。后来，开办国际学部英文佛学班，我不惜以高薪自海外礼聘名师来佛光山教学，管理财务的职事们常因所费不赀而大吐苦水，我何尝不知此中的种种艰难？细水长流，佛光山的事业就在这样的节俭里一点点弘大起来。

长乐先生：我的事业也是在这样的节俭中慢慢成长的。凤凰在某些方面的低成本，有点像犹太人：可花可不花的钱，不花；可买可不买的东西，不买；必须买的东西，则不惜花钱买最好的。

2009 年凤凰投资数千万元，实现了整个公司的数字化、电脑化、网络化、无磁带化。新的系统里共有十七个大的网络管理系统。其中超前的技术有：

——云端技术（Cloud Computing）。简单说，就是将所有提供服务的工作站和服务器集中在中心机房，不论用户身处地球的任何地方，只要连入“云端”网络，就像坐在总部的办公桌前一样，进行所有操作。

——海量存储技术。最新的光纤盘阵集群技术，实现大容量硬盘存储空间的建立，实现了海量空间无故障永续运行。仅占用六个机柜的高密度机器人磁带库系统，使得近线存储容量达到了 5PB（5000TB），可满足凤凰十五年以上的数据存储需求。

——开放式新闻演播棚的设计。例如，虚拟跟踪技术、高速跟踪飞行摄像机技术、遥控摄像机技术、大屏幕无缝拼墙技术等。

新技术开拓了节目创作人员的空间想象力，对提升凤凰的创新能力起到了作用。

所以，对于金钱，我的态度是，首先，该花的钱必定要花，钱不去不来，千金散尽，万金复来；其次，一个人永远也赚不完所有的钱，钱属于大家，应该大家一起赚；再次，养成节俭的习惯，一百亿也是一元一元组成的；最后，看准了目的，就勇敢投资。钱与鸡蛋的不同在于，钱即使永远被捂在怀中，也不会孵出小鸡。

星云大师：在消费导向的社会，我们更应有勤俭感恩的美德，这种美德是要由内心发出的，可以表现在很多事情上：我爱惜公物，表示我的品德比他富有；我常说几句好话，表示我的善良比他多些；我们常常微笑待人，我们的欢喜心就比较多；我重视礼节，跟你说“请”、“对不起”、“谢谢你”，我的慈悲就增长了。这比财富的增加还快；我总想到与你结缘，为你服务，我的愿力也就比你富有……

今天的社会，我们不一定要从金钱上来竞赛，不一定要用洋房、汽车、珠宝来比富裕，拥有精神上的快乐、心理上的富有，才是真正富有的人生。

◎真正的贫穷是坐以待毙

星云大师：我初入丛林古寺参学时，发现有些人以穿褴褛衣衫为标榜，有些人以吃馊饭剩菜为修行，有些人装穷卖傻，扬言金钱名利是毒蛇猛兽，故以贫穷为清高。

一天，我听到在客堂服务的知客师大实法师痛切地说道：“贫穷！贫穷！大家都崇尚贫穷，极乐净土的七宝楼阁、黄金铺地的庄严世界由谁来完成呢？实际上，贫穷就是罪恶啊！”

大实法师的指陈，如雷击顶般穿过我的耳际，我开始反复思维。当年，战祸连绵，国势维艰，民间建设固然百废待兴，寺院经济更是萧条不振。贫穷已是举国普遍的现象。那时，家师志开上人担任栖霞山寺监院，他从不喊穷，也不叫苦，从开源节流上着手设置果菜农场，实践自耕自食，创建炭窑纸坊，提倡劳动生产，对于寺内经济的自给自足可说贡献至大！而栖霞律学院、私立宗仰中学也因此而能办成。我们每日勤苦作务，以稀粥、杂粮、豆渣果腹，却将豆腐菜肴留起来供给信徒施主。仔细想来，这不就是以行动告诉大家：真正的贫穷是坐以待毙，是心内能源的枯竭堕落。佛教要有钱才能办事业，要有钱才能和大众结缘。我恍然大悟：贫穷，怎么不是罪恶的渊薮呢？

长乐先生：这里也想请教大师，佛光山的事业如此庞大，一定是要花好多钱的。请问您佛光山的教团化、事业化发展路径，在财务上是如何解决的？

星云大师：是要花很多钱的。但是有办法，有计划，比方说，我们要铸一口大钟，需花费五千万才做得起来。于是就用一个方法：如果一个人发心捐献一万块，那么找来五千个人一同捐助，也就能完成了，有的人还怕轮不到他呢。在佛光山已经有这个传统，如果徒众私自化缘，是要被开除的。

从我自己说，我是一个不要钱的人。我一生没有银行的存款，没有买过东西，身上也不放钱，全世界的（佛光山）寺庙也都没有登记在我的名下。我只不过是一个人，拥有的有限。况且全世界都有寺庙，到处都有饭吃，都有地方住，还要钱做什么？我没有抽屉，没有锁匙，也没有要私藏的东西。我不买东西，也不叫人买，有就用，没有就算了，就这么过了一生。

我做住持的时候，没有和人订过契约，我觉得发展宗教事业如果还要靠契约来维持，是很惭愧的，应该要用宗教的力量，互相信任。所以，佛光山从开山到现在，替我们做事的工人都是原班人马，只是增加了他的儿子、孙子，从没有父辈走了，再换一个的情况。为什么？我觉得一般人看不到这一点，很可惜。这是道义，这是佛法，这才是人性。

佛光山自创建以来，就是以无为有，以不要而有，就是有也不要，因为贫穷才能持久。要让佛光山把钱散出去，用出去。为什么佛光山要办电视台，要办报纸，要办大学？就是要让佛光山不要有钱。因为人性所致，有钱大家就会去争。因此，教团要推动淡泊、贫穷，不要奢侈、浪费，我想比较能存在。

佛光山所有的出家人里，慈容法师是教育院院长，权力很大，可是她也没有钱，更不能管钱；纵有管钱，也只是管几个小钱。有权的人不能有钱，管钱的人不能有权，钱和权一定要分开，这样才平安，有权的人也才能认真接待信徒，认真办活动，认真于教学。

很多人看我行走大陆与台湾，就说：星云大师是不是到处去挣钱啊？我去大陆不是为了赚钱，在台湾，我也不赚台湾的钱。平时我们不跟信徒化缘，如果信徒自己有捐赠的意愿，他们就会来找我们。说来我们是真正共产主义、无产阶级的实行者呢。

长乐先生：这说明财富是宝贵的，但真正的财富在金钱之外。

星云大师：财富不仅是金钱、股票、有价证券，在佛教教义里财富的范围是很广的，有共有的财富，也有私有的财富；有现有的财富，还有未来的财富；有有形的财富，也有无形的财富。例如智慧、道德、慈悲、惭愧心、羞耻观等，都是我们无形的财富。

多年来，我们在经济拮据的情况下，披荆斩棘，与洪水搏斗，与悍民周旋，终于开辟出佛光山这座道场来。天下无难事，空无贫乏不是阻力，信心、诚心、耐力、毅力才是最宝贵的财富。

庄严富丽的极乐世界，是阿弥陀佛秉持四十八愿，于无量阿僧祇劫中完成的。我们要在人间建设富裕安详的净土，当然也不能坐等诸佛菩萨的加持现身，而应该效法他们的慈心悲愿，认真地去创造自己的未来。

金钱固然是烦恼祸患的根源，但净财也是学佛修道的资粮，是弘法事业的基础。人间的佛陀其实正是富贵人生的提倡者，他固然以毒蛇来比喻黄金，但也主张赚取净财，拥有适当的物质生活。在《六方礼经》中，他指导善生如何运用金钱，在《弥陀经》、《药师经》等宝典中，他描绘诸佛的净土都是黄金铺地、七宝楼阁，可见佛教并不排斥清净的富有。

◎什么都是我的，什么都不是我的

长乐先生：公司的财富归谁拥有？归我拥有，还是股民拥有？我觉得一个企业是所有员工一起搭起来的，首先是归大家拥有，我们付出的是几个亿的投入，到现在为止，我作为投资人并没有要一分钱的回报，但是我们为什么还是拼死拼活地干？因为我们和天下所有父母一样，像孕育Baby一样来呵护着凤凰，这是一种归属感。

星云大师：当有青年向我乞求剃度出家时，我总是先问对方："佛光山是谁的？"如果他毫不犹豫地回答："师父！如果我在佛光山出家，佛光山当然是我的！"这句话就算通过我初步的考核了。因为唯有觉得常住是自己的，每个人才肯奉献身心，安住求道，寺务才能日益兴隆；唯有觉得师兄弟是自己的，才肯包容他们的缺点，成就他们的长处，大家才能和乐相处。

每次我在佛光山巡视散步，当我驻足在西来泉畔，聆听淙淙溪声，仿佛看到早年洪水暴发时，师徒们合力以身挡水的壮观场面；走到大雄宝殿前的成佛大道上，又好像见到当年大家在烈日雨水下，拿着铁尺，就着未干的水泥地刻画纹路的辛苦情景。

三、四十年来，因为我们将佛光山看成是自己的，所以才能众志成城，将蓁莽未启的荒山开辟成庄严殊胜的净土。唯有觉得一切都是我的，才能产生源源不绝的动力。

财富的分享和共有很重要。佛经里面说，第一不能自私，要以众为我。创造的财富一定要和员工、社会分享。有一句话叫舍得，你肯舍才有得，不能分享就不能胜利。所以，财富要分享，要用于结缘、施舍、服务、帮助别人。除此之外，最重要的是要有和谐。当然，和谐不是要求大家都要一样，而是要同中存异、异中求同才可以和谐。我们的社会逐渐迈向富有，大家的财富不断地增长，这样的社会需要和谐，和谐以后，我们的财富才会安全；和谐以后，我们的财富才更有发展。和谐社会从心开始，大家要把自己的真心、诚心、慈悲心作为出发点。

长乐先生：关于分享的快乐，有一则故事：齐宣王的大臣庄暴有一日来见孟子，苦恼地对孟子说："我被齐王召见了，大王告诉我他爱好音乐，我一时没什么话来应答。"他转而问孟子："你说大王爱好音乐，那又怎么样呢？"孟子回答："如果齐王真的很喜欢音乐，那么齐国治理得大概很不错。"之后的一天，孟子被齐宣王接见，孟子说："君王，您曾经把您爱好音乐的事告诉庄暴，有这回事吗？"宣王听后变了脸色说："我爱好的可不是古代圣王喜欢的那种雅乐，只是喜欢一般的流行音乐罢了。"孟子说："只要您是真的很爱音乐，那么齐国就治理得差不多了。当今的音乐和古代的音乐是一样的。"宣王马上追问说："是吗？你不妨把其中的道理说来听听。"孟子答道："一个人听音乐很快乐，跟别人一起听音乐也很快乐，那么到底哪一种更快乐呢？"宣王说："自己欣赏不如跟别人一起更快乐。"孟子又问："跟少数人一起听音乐很快乐，跟多数人一起听音乐也很快乐，那么哪一种更快乐呢？"宣王回答："当然是跟多数人一起欣赏更快乐啦。"

《老子》里面也说："我无为而民自化；我好静而民自正；我无事而民自富；我无欲而民自朴。"

领导人看待财富的观点与态度，会深刻影响企业员工对财富的看法，不懂得与朋友、员工分享成果的人干不成大事，没有众人一齐为之努力的事业成不了大事业。

◎"才"与"财"

星云大师："才"，是人才；"财"，是钱财。世间上，人才重要呢，还是钱财重要？我们是要成人才呢，还是要追求钱财？

长乐先生：从表面上看，财富只与个人的努力和智商有关系，但实际上，心灵才是一个人能否获得财富的关键，一个"心"不正的人，其"术"则一定不会有长久的胜算。心灵扭曲的人可能在短时间内会傲视群雄，但最终却会因为自我的膨胀而搞砸。这样的例子每天都在我们身边发生。

说到"才"与"财"，我想到一个故事。"竹林七贤"之一的王戎，小时候是神童。他和一群孩子在马路边上玩得口渴了，发现路边有一棵李子树，上面的李子个儿大皮红。大家纷纷去摘，只有王戎不动。他说："这么大的李子没有人摘，不是这儿的人智力退化，就是说明这些李子都很苦。"果然，摘了李子的人苦得把李子扔在了地上。

王戎长大后，成了一个小气鬼。《世说新语》里有一半的小气鬼故事都与他有关。他在自己家种了好吃不苦的李子，李子吃完了，一定要把核砸碎，生怕别人捡了去种。实在吃不完的就拿去卖钱，他的广告词是"新鲜品种无核李子噢"！事实上是他前一夜加班苦干，把李子核一个个都掏掉了。

王戎的女婿问他借了几万块钱，结果每次女儿省亲，王戎的脸拉得比驴脸还长，女儿赶紧把欠账还了，王戎才“嘻嘻”地笑了起来。

可见一个人的才能和他的人生态度不一定一致。我的一个老朋友，他的女儿到了适婚的年龄，却有两个追求者，一个有“才”，一个有“财”，两个人人品都不错，他和女儿都一筹莫展，跑来问我：是要有“才”的，还是有“财”的？我也不好回答，不知大师如何开示？

星云大师：“才”、“财”，都很重要，有人才也有钱财，有钱财也有人才，才财兼具，当然最好。不过仔细推敲，“才”、“财”孰轻孰重？鱼与熊掌，皆吾所要也，当两者不可兼得时，舍鱼而取熊掌，所以“财”可贵，“才”更可贵。

佛教讲“人能弘道，非道弘人”，任何团体的发展，先要有人才。例如，一个国家只要有人才，就能提升国力，就能推动各项政策，就可以发展各项建设；反之，只有钱财，不会运用的话，钱财也会败坏国家社会。所以，人才是第一，有了人才，才会运用钱财；只有钱财，钱财买不到智慧；光有钱财，不容易培养人才。钱财容易赚取，人才难以获得，所以无论在哪里，人才比钱财重要。

第二，要法财不一定要发财。人都希望要发财，但是有了世间的财富，更要有真理的财宝。世间的财富能解决物质的生活，真理的财富能发挥精神的成就；世间的财富有用尽的时候，真理的财富取之不尽，用之不完。例如，你有几亿的家产，但是财富乃“五家共有”，顷刻之间，再多的财富都不是我的。而真理的财富，不管世事如何变迁，不管人走到哪里，只要我有慈悲，我有般若，我有忍耐，我有自在，这些真理的财富都属于我所有。

第三，要才力不一定要财力。为人在世，可以欠缺财力，但不能缺少才力。所谓人为财死，钱财招来杀身之祸，时有所闻，所以不一定要拥有很多的钱财。但自己要有真实的才力，例如，思想上的才力，智慧上的才力，救世的才力。不管哪个时代，哪个国家，哪个家庭，哪个个人，只要有才力，不怕未来没有希望。

第四，要善财不一定要横财。财富不是不好，就等于拳头，可以打人，也可以帮人捶背，所以要把钱财变为善财、净财、通财、共财，才有价值。例如，个人的钱财，能公之于大众，成为共有的财富；现在的财富，用以培养未来的功德财富，成为永世的财富。总之，世间的财富并非不好，只要是善财，多多益善；但是横财，也就是不义之财、不当之财，只会招惹灾祸，不要也罢。

第五，要通才不一定要专才。现在社会上重视专业、专才，不可否认，现在社会发展，高科技专才发挥了很大的作用，但是社会普遍还是需要通才，不一定非专才不可。当今的社会，是一个开放、多元化的社会，倘若只懂得某一项专业，就如古代的书呆子，只晓得钻牛角尖；如能通达各种学问，所谓“一理通，万理彻”，懂理科，也懂工科，懂哲学，也懂文学，懂地理，也懂历史，懂经济，也懂金融，就更全面了。一个国家能有一些专门人才很好，但是多一些通才，也是重要的。

◎贵气，“贵”在哪里

长乐先生：李嘉诚先生坦言：“‘富’‘贵’两个字，不是连在一起的。这句话可能得罪了人，但是其实有不少人富而不贵。”

中国中产阶级人数在不断增加，但是如何学会做一个富人，对他们却是一门全新的功课。真正的富贵是要懂得用自己的金钱，对社会尽一点义务和责任。衡量财富的准则，在于“内心的富贵”。

美国中产阶层家庭每年都订几份报纸和几份杂志，读若干本书，听几次音乐会，看歌剧、芭蕾舞。中国人富了以后干啥？吃！这也是中国的“吃文化”兴旺发达的原因。中国人爱吃从日常用语中就能看出来：谋生叫“糊口”，工作叫“饭碗”，靠积蓄过日子叫“吃老本”，老本吃完叫“坐吃山空”，公务员叫“吃皇粮的”，男人心怀不轨叫“吃豆腐”，混得好叫“吃得开”，女人好看叫“秀色可餐”，有好事叫“吃小灶”，坏事来了叫“吃官司”……富了之后干啥呢？还是吃！

有人说，看一个地区华人的富裕程度是看他们饭店的人流，在大陆、香港等地，可以看到那种美食大楼，从一层到十层，全是吃客，越是高档豪华的饭店，吃客越多，天天爆满。

但是日本就不一样了，日本没有爆满的美食大楼，却有摆满几百万册图书的大型书店。这些书店可同世界上最大的书店相提并论。要踏进书店大楼并不比挤东京地铁容易。日本图书2009年销售量约581.47亿元人民币，中国图书的销售量是548.52亿元人民币。日本人口1.28亿，中国人口13亿。也就是我们平均十个人一年买的书没有一个日本人多。

这就是差距。

星云大师：工商业发达了，人越来越讲求功利，要发财，要成功。而一旦有钱了，却不会用钱；真正有权势了，却滥用权势，因此成为今天社会罪恶的源流。尤其有的人有钱了，就逢场作戏，金屋藏娇，不顾妻儿，不重家教，每日酒食争逐，忽略了家庭，因此制造了许多青少年问题，直接遗害下一代。

长乐先生：所以民谚说“富不过三代”。曾国藩认为，官宦人家传承两代就完了，商人之家一般能富三代，书香门第能传十代、几十代而不衰。

星云大师：在台湾，你问人：“你吃饱了吗？”他会回答：“我饱了。”问广东人：“你吃饱了吗？”他会回答：“足了。”足了就是满足了，不单单是吃饱了、好吃，还很足。我觉得，广东文化的这种稳重值得学习，“满足”，你就会快乐，就是富有。

物质的富有不代表真的富有。贫富只在于比较，比如，平常走路，希望能有一部脚踏车；有了脚踏车，觉得摩托车比较快；有了摩托车觉得不安全，能有四轮车更好；有了小汽车，这是本国货，如果有外国货就好了；有了外国货，又觉得自己驾车好辛苦，有一个司机最好。总之，欲望永远不会满足，很多人对财富的追求就是这样。

长乐先生：一个人的气度、气质不是靠钱能买到的，也不是朝夕出入高级会所能练就的。

比如辜振甫说过，一个领导者下台时的气度应该是什么样的？背影要优雅。背影应该优雅到什么程度呢？就像《再别康桥》："轻轻的我走了，正如我轻轻的来。"下台的背影要优雅，这个话太重要了，很多人下台的时候不要说优雅了，连起码的风范都没有。

辜振甫这种说法为什么让人感觉非常有味道？因为没有一定的文化造诣说不出这种话。

在渐渐富起来的中国，许多人活得很挣扎，名与利的诱惑比物资匮乏时代强烈百倍。他们期望自己高贵起来，却不知道什么是真正的高贵。

刘再复先生概括了贵族精神的四大内核：

其一为"自尊精神"：有一种东西比我的生命更重要，那就是我个人的尊严；其二为"讲求原则"。尊重自己也要尊重别人，尊重共通的游戏规则，否则，就是卑贱，就判失败；其三为"保持低调"。贵者知道天多高地多厚，知道世界多大、历史多长，臣服历史，恭顺命运；其四为"淡泊名利"。争名夺利是最易上瘾最易上当的危险游戏，是不正当竞争，是一种耻辱。

享乐是有惯性的，惯性享乐是一个陷阱，会让人在追求物质享受方面越陷越深，越来越不快乐。

星云大师：现在很多人有了钱之后就会做布施，他们也会在布施中获得快乐。

布施的方式，第一就是做一般的慈善事业，让人的生活可以好过一些，身体可以健康一些。但是这只是一时的救济，不能根本解决人内心的痛苦。

第二种布施是法布施，救人心。现在人心沉沦，内心动乱、浮躁，我们不要以为救人心不重要，实际上好多有学问、有道德的人，例如颜回，“一箪食，一瓢饮，人不堪其忧，回也不改其乐”，他内心很快乐。他在物质上虽有缺少，却能突破这许多物质欲望的难关。所以，能让整个世界、人类打开心灵，让心中光明起来、自在起来、安稳起来，这才是比较根本的救济。

这就好比佛教讲孝道，对父母甘旨奉养，是小小的孝顺；能做到光宗耀祖，是中等的孝顺；能让自己家人不受伤害、灾难，不受生死轮回，是大孝。所以，什么是最高的布施？让人们离开烦恼，就是最高的境界。

长乐先生：财富分解开不过两个词："得到”和“给予”。没有付出就没有得到，没有得到又如何去给予？《佛说七布施》里讲，穷人问佛：我为何不能成功？佛说：因你没学会给予别人。穷人说：我啥都没有，如何给予？佛说：即使没钱，也有七种给予：颜施，微笑处事；言施，多说鼓励赞美的话；心施，敞开心扉对人诚恳；眼施，善意的眼光予别人；身施，以行动帮助别人；座施，即谦让座位；房施，有容人之心。

梁漱溟说，人这一生总要解决三大关系，而且顺序是不能错的。先要解决人与物之间的关系；然后要解决人与人之间的关系；最后一定要解决人与内心之间的关系。

中国先富起来的人，你也许已经很好地解决了人与物的关系，但是你是否解决好了人与人的关系和人与内心的关系？我想，如果能用出世的精神来做入世的事情，可能就会有所悟。说得更明白一点，就是应该用出世人的格调去做入世的事业，不要总是停留在对银行存款数字的无止境追求上，不要停留在山珍海味、挥金如土的物质享受上，做一些真正有利于世界的事情。

我对此有一个比喻：你站在山脚下的时候，你只能看到曲折的小径；你站在山腰的时候，可以看到柳暗花明；但是当你登到山顶上的时候，你看到的是天高地广。

◎从“拥有”到“用有”

星云大师：人人都想“拥有”，但问题在于人心不足。填饱肚子，又求珍馐；娶了娇妻，又求美妾；有了房舍，又求华厦；谋得一职，又求升官；得到千钱，又求万金……宝贵的一生就在追求“拥有”中，苦苦恼恼地度过。

拥有多少，有何标准？有钱人尽管名下拥有多少高楼、土地、黄金、股票，但日夜畏惧，睡不安稳，比起读书人知足常乐，以天下为己任，心怀众生，你说谁拥有得多呢？

语云：“良田万顷，日食几何？华厦千间，夜眠几尺？”石崇生前万般积聚，富可敌国，但是到了最后，死无葬身之地，比起身居陋巷的颜回求法行道，不改其乐，你说什么是真正的拥有呢？

拥有财物而不用，和“没有”有什么差别呢？拥有财物而不会用，和“无用”有什么不同呢？

河水要流动，才能涓涓不绝；空气要流动，才能生意盎然。吾人之财物既然取之于大众，必也用之于大众，才合乎自然之道。一心想要“拥有”，不如提倡“用有”。像冯谖散财于民，让孟尝君拥有人心，只算是懂得“用有”的初步，更高一层的应如爱迪生将发明创造所得的专利用于为众生谋福；松下幸之助将企业所有盈余用于教育文化上，让社会蒙利。这才是“用有”，不是“拥有”。

真正的“用有”不易做到，一旦执著财物是“我”的，用的对象就不广泛，用的心态就不正确，用的方式也有所偏差。其实，吾人的一生空空而来，空空而去；吾人的财物也应空空而得，空空而舍；对于世间的一切，拥有空，用于实，岂不善哉。

“心包太虚，量周沙界”，所谓“拥有”，有是有限，有量；所谓“空无”，无是无穷，无尽。如能以“用有”的胸怀，来应真理；以“用有”的财富，顺应人间，让因缘有、共同有，来取代私有的狭隘；让惜福有，感恩有，来消除占有的偏执，所谓“拥有，是富者；用有，才是智者”。富而加智，岂不善矣。

长乐先生：“生不带来，死不带去”的道理谁都懂，但财富的诱惑力好像更大一些。宋朝王黼当政时，穷奢极侈，睡一张象牙床，遍镶珠宝，夜间闪闪生光，周遭排满小床，选姬妾十余人围着他睡觉。后来因为犯了错，皇上不高兴，降旨赐死。王黼很平静地说，我一生行事，虽万死也不足蔽其辜。不过请转奏圣上，我死后赐我一具有窗户的棺材，入殓时，两手能够伸出棺外，五指摊开，不要屈拳。让世间人知道，我那些财产，一点也未能带到阴间去。

这人死到临头明白了，也不易。

星云大师：无论财物富有到什么程度，终归要销毁散失。不要以为是因为经营不当，或过分浪费所致；事实上，这些财物并非个人所能自主的，财物为大水、大火、盗贼、贪官污吏以及不肖的儿女等“五家”共有。你即使拥有再多的财物，遇到一场大火，家当可以焚烧成灰；遇到一场大水，也可以流失净尽；甚至盗贼、贪官污吏会抢走你的财产；亲如儿女，不肖奢侈，也可能把家财挥霍荡尽。所以，一个人无法主宰自己的财物。

多少人生前节衣缩食，克勤克俭，分毫也不肯浪费，终其一生，余下一大笔家产，或放高利贷，或私自保管，一旦临命终时，来不及处理财物，或被充公，或被吞没，枉费自己一生辛劳，终无所得。有些人则拼死拼活，赚钱置产，给子女留下一笔庞大的遗产，可是当他死后，子女或为分财动武，或吃喝嫖赌，挥霍殆尽，丝毫没有体谅父母生前的劳苦。

因此有人说：留给子女最好的财产，不是金银财宝，也不是洋房汽车，而是道德学问与技能修养。所以，钱财是身外之物，不能拥为己有，也不必为儿孙徒做马牛。

那么，财物应如何处理呢？佛法说："万般带不去，惟有业随身。"财物不能带走分文，但是业力却丝毫不爽。因此，我们可以利用财物多行布施，广结善缘，修路造桥，救济贫困，或捐献慈善机关，或设置奖助学金，"取之于十方，用之于十方"，竭尽物用，则其所得功德，或能得生善处，或能庇荫子孙，何乐而不为？

长乐先生：海纳百川，同时又凝成雨雪滋润大地，虽日日蒸发而不见其少，这便是"放手如来"的体现，也是"利他利己、慈悲喜舍"的精神。大师说过，"不会散财就不会聚财"，我很赞成。财，最终是要散的，与其被迫地"散"，不如自觉地"散"。自觉地"散"，还能结下"人缘"，"人缘"就是"财源"。

美国的税务制度是，收入越高，纳税越多，年薪十万以上的白领，缴税会达 40% 左右。同时，政府也鼓励捐款，明文捐款可以抵税。税收以及慈善捐款的很大一部分通常还用来帮助社会的"弱势群体"，以便财富之"水"得以及时流向社会的最低处，从而保障社会的稳定。美国人的立国精神鼓励人们去创造财富，但从法律的层面也不断地采取措施限制或防止社会的财富过度集中在个别人、个别企业或个别集团手里。"反垄断法"和"反托拉斯法"的推出，就反映出这样一种精神。从这个意义上，美国人在治理财富之"水"方面，还是有些特别的心得的，甚至还可以说基本上做到了"顺天应道"。

"人为财死，鸟为食亡"。现在这个时代，人人都在想发财，全民谈房价，全民都炒股，"钱在银行，人在病床；钱在银行，人在班房；钱在银行，人在坟场"，这都是警世之声。所以，我们更应该在这个时代强调一点“财散则人聚”的精神，来矫正我们的理财观念，要相信散出去的是“财”，聚来的是“人气”，是“善缘”。

◎赚钱不是最高本领

星云大师：有一位先生中午回家吃饭，正巧太太做了一道菜“清蒸板鸭”。先生吃了之后，问：“怎么鸭子只有一条腿，还有一条腿呢？”太太说：“我们家的鸭就是一条腿啊。”先生不信地说：“乱讲。”太太再说：“你不信的话，到我们后院池塘去看。”先生赌气了，就说：“好，去看。”

当时正好是中午，鸭子在休息，把一条腿给蜷了起来。太太说：“你看，我们家鸭子是不是一条腿？”

先生当然不是那么轻易就能被说服的人物，掌声一击，鸭子一听，“呱呱”一叫，两条腿就伸出来了。先生说：“你看，我们家鸭子不就是两条腿吗？”

太太说：“先生，难道你不知道吗？有掌声，它才有两条腿的呀。你平常回到家，既不给赞美，也没有掌声，所以就给你吃一条腿，要早一点有掌声的话，鸭子的两条腿都给你吃了！”

这个幽默的太太的意思就是说，先生回到家，不要摆大男人的架子，男人赚钱不是最高的本领，回家要懂得幽默、风趣，要赞美太太：“太太做的饭菜好香啊！”“哎哟，今天显得特别年轻。”懂得用赞美的语言，这个家庭就会很快乐，这比赚钱更重要。

当然，不能光要求男人，做太太的也不能老是向丈夫发牢骚。

有一个男人觉得结婚很好，不久就结婚了。一年后，他却说：“结婚好痛苦。”为什么？他说：“我才结婚的时候，下班回到家，只要敲门，门一开，我太太就会拿拖鞋给我穿，进了屋子以后，小狗就围着我‘汪汪’叫，多有气氛，多美好啊。现在不是了，打开门，是小狗衔拖鞋给我穿，进到屋子里面，是太太围着我‘汪汪’叫，嫌我没有洋房，没有汽车，没有这个，没有那个，哎呀，苦不堪言。”

法师听了，就说：“青年朋友，听你的这一番话，想来是可以活得很快乐的，你回到家后敲门，虽然没有太太给你拿拖鞋穿，小狗叼拖鞋给你，一样有拖鞋穿嘛！你进到屋子里面，太太围着你‘汪汪’叫，一样有‘汪汪’叫嘛！”这个人一听，说道：“话是不错，可是心情却不一样啊。”

法师又说：“这个世界是会变的，就好像这个杯子，它可以装咖啡、装汽水、装茶，不是一成不变的。这个宇宙，乃至我们的脑子、身体，也都是无时无刻在变化的。所以，世间没有永恒的东西，只有无常。好的可以变坏的，坏的也可以变好的。”

我希望每一个人都可以随着因缘的变化而变得更好。

祝福每个人穷则变，变则通，不要固执，自己朝好处想，朝好处变，就是进步，就是幸福，就是平安。

长乐先生：大师用非常浅显的语言给我们解答佛学中间最深奥、最难讲清楚的一个问题，就是什么叫做五蕴皆空？这是佛教非常难懂的第一议题，但是我听大师说几个小故事，在不知不觉中明白了，佛性原来就在我们每一个人心中，找到佛性，我们的生活就会吉祥圆满。

男人赚钱不是最高的本领，这个观点很有时代的针对性。做个好男人，责任感始终是最重要的。

星云大师：在佛教里面，另有一部《善生经》，告诉我们怎样做个大男人。一个真正的男人必须是：

负责任，能担当：有直下承担的魄力。

讲信用，守道义：有诚恳正直的心胸。

肯勤劳，创事业：有谦冲务实的作为。

性宽厚，心有容：有泱泱大度的君子风。

能慈能悲，多慧解：有慈悲的胸怀，有中道的智慧。

现在的家庭里，夫妇能处得好，家庭伦理就能端正，而身为一家之主的丈夫，除了做到上面五德之外，更应该致力做一个好丈夫。怎样做好丈夫呢？我再提供四点意见给大家参考：

吃饭要回家：不久前，有人提议“爸爸回家吃晚饭”，减少无谓的应酬，间接可以改善社会奢侈无度的吃风，这是对的。一个好丈夫，三餐回家吃饭，与家人多多亲近，多多了解，这个家就会比较和睦。

身边少带钱：钱，本身无好坏，用的时候就有好坏。钱多而不会用，很容易成为罪恶的渊薮；男人身边的钱多了，就容易作怪。因此，你若想做一个好男人，最好身边少带钱，坏的因果比较少。

外出说去处：好丈夫外出时，一定告诉太太到哪里，不隐瞒行踪。不说去处，则易出轨。

应酬成双对：外出应酬，尽可能带着太太，成双成对进出。夫妻本来不就是有福同享的吗？

格局

竹密不妨流水过，山高岂碍白云飞。格局是一种志向。格局有多大，未来才可能有多大；格局越大，得到的助力越大。愿意为人做一件事，你就是一个菩萨。当你微笑着面对世界时，世界会陪着你一起微笑。

◎人生当有大格局

长乐先生：我经营人生有一条不成熟的经验：就是立志要大，人生的格局要大。人一定要有信仰，有理想。这个理想，不仅是个人的，更要是人类的，世界的。

星云大师：有了信仰，就好比航海中有了目标，旅程上有了方向，做事有了准则，可以一往直前，迅速地到达目的地，减少不必要的摸索。信仰的力量如同马达，是我们向前迈进的动源，能改变我们的命运。

信仰的力量是不待言的，信仰的对象并不局限于宗教。像艺术家对于艺术的热爱，视艺术的完成为他的信仰，因此甘愿呕心沥血地从事艺术创造。翻开文化史，有不少思想家、哲学家，一生为了人类共同理念的完成，奔波于道路上——如先秦时代的诸子百家，如宋朝的岳飞，毕生以"精忠报国"为他的信念，最后终于求仁得仁，竭尽了忠诚，献出了生命。他对国家"尽忠"的信仰，改变了自己的命运，并且也为中国历史树立一种坚毅凛然的形象，至今仍然影响社会民心，成为万民膜拜的英雄。

志向有多大，未来才可能有多大。

这个世界上没有不劳而获的财富，都是要靠着辛苦、勤劳，培养因缘才能获得的。

刘总裁能成功，光一副佛相还不够，必然是有大因缘，例如你现在发展凤凰卫视，造福人间，造福观众，就是在广结善缘。因为这样的关系，你不必去找财富，财富就会来找你。

我也感觉到，自己虽然出身贫穷家庭，在佛门里受的是一种苦行僧的教育，什么都没有，但是感觉到在人间的因缘还不错，很多的信徒、朋友都给我帮忙。为什么他们要给我帮忙？因为我真心待他，他就会以真心待我。在这个世间，人我之间的相处，悲智愿行的菩萨精神，是很需要的。举凡对人慈悲，发心助人，劳动服务，都是菩萨的精神。菩萨不一定是泥塑、木雕，供在佛堂里的才是菩萨，菩萨是活的。你说我愿意为人做一件好事，那么你就是一位菩萨；你说我愿意为人服务，那么你就是一位菩萨。

菩萨就是发心的人。只要肯发心给人一个笑容，发心给人一个敬意，发心给人一个帮助，每一个人都能成为发心的菩萨。我从现在开始发心，慢慢地向上升级，菩萨有五十一个阶位，一年级、二年级……升到五十一年级，到了等觉、妙觉，就快要成佛了，就是观世音了。

长乐先生：“大格局”会把人带入一个努力向上的全新境界，办成梦想中的事情。

凤凰卫视成立之初，在规模和设备上，看上去像个“县级电视台”，但是，我们内心却充盈着一种爆发力，我们不是想挣多少钱，挣多大的名，而是把目标定在了“向世界发出华人的声音”上。我提倡大家有“被褐怀玉”的精神，外表穿着粗布衣裳，内心里却揣着美玉。于是乎，看似平凡的人生有了升华的激情，看似普通的企业有了庄严的使命，看似平常的口号成为文化的图腾。

有一种说法，三流的企业出产品，二流的企业出品牌，一流的企业出文化。我立志让凤凰卫视成为图腾性品牌，成为中华文化的一个标志，一种独一无二的精神力量，具有民众心之所向的高度价值。

价值观的取向，决定了一个人、一个企业、一个民族的发展与前程。

星云大师：格局大，你的事业得到的助力也就越大。我刚到美国传法的时候，起先是住在信徒家里，后来听法的人越来越多，空间容纳不下，但是大家求法心切，不愿散去。怎么办？就租了一个车库弘法。车库里没有水喝，没有厕所，还是不方便，我们就租房子，最后在 1988 年终于建成了西来寺，指的是"佛法西来"的意思。

西来寺建在美国洛杉矶哈仙达岗，是一片具有明清建筑风格的建筑群，古色古香，巍峨错落，层层耸立，被西方人士称做"西方的紫禁城"。在这一步迈出之后，佛光山相继在世界各地开辟了一百多个海外道场，遍及五大洲。为什么会有这么多信徒？不是我喊来的，是佛法的力量把他们吸引来的，归根结底，因为佛法的宏大，我的事业才宏大。

佛教流传至今，已不是某一地区的佛教，也不是某一教派的佛教，佛教的发展，主要是融合贯通——大小乘的融合贯通，南北传的融合贯通，僧信二众的融合贯通，传统与现代的融合贯通……百川河流同归大海，佛教才能成其宽广，才能成为今日世界人类的一道光明。

回顾立志弘扬佛法至今，我只是单纯地认为我应该做的，我就去做！为的只是让这个时代知道有佛教、有出家人！尤其，身为一个佛教徒，纵使没有力量贡献佛教，至少也应该护持佛教，这是每一个人应尽的责任。

偈云："竹密不妨流水过，山高岂碍白云飞。"我们的心量有多大，就能够完成多大的事业；如果我们能够包容一家，就可以做一家之主；能够包容一市，就可以做一市之长；能够包容一国，就可以做一国之君；能泯除一切对待，包容整个法界，就可以随缘应现，逍遥自在，成为法界之王。

◎拔尖精神

长乐先生：中国有些劝谕很煞风景却又不无道理，"人怕出名猪怕壮"、

“出头的椽子先烂”、“枪打出头鸟”等，如同沧桑的老者不厌其烦地告诫青年如何世故。

应该说，这些为人处世的方法是达成目的的重要策略，老子说，君子想要居于人民之上，一定要言语谦下；想要居于人民之前，一定要退让于后，他不与人争，天下才没有人能够与他争。

但是，真理的概念不是绝对的，在一个逻辑系统里是真的东西在另一个系统里可以是假的。老子说的是处世的方法与谋略，我所说的是人生的境界与目标。

我们所提倡的“拔尖精神”，是一种自我的完善，如同凤凰的“达天”之志。

庄子说：“鲲鹏之背不知几千里也，怒而飞，其翼若垂天之云……抟扶摇而上者九万里。”

并没有人要求凤凰必须这么飞，但它志在于此。

富有创造精神的人厌倦世俗的、恒常的、被限定的生活，寻求更快更高更强，寻求一飞冲天的状态。

“拔尖精神”是对自我的突破，是精益求精的完美，是与自身的惰性竞争，是与昔日的光荣竞争，而不是与他人争高下。

如果人生的大格局是梦想的话，那么，拔尖的精神就是把梦想变成现实的奠基石。

星云大师：人的一切操之于自我，别人给予我们的福乐不可靠，必须自我肯定、进取、自求多福，要相信命运操之在己。人从出生之后，总会慢慢感受到人间的许多问题，像生老病死的问题、人我是非的问题、贫富贵贱的问题、烦恼得失的问题，此外，还有国家、社会、政治、经济、感情、人事等诸多问题，有些人很容易就被这些问题所打倒，有些人则否。那么，必须具备何种特质，才能成为打不倒的人呢？

骨气硬的人：有的人“人穷志不穷”，做人很有骨气，不肯向环境、困难屈服。

耐力强的人：人要有力量，才不会被人打倒；力量当中，最重要的是忍耐的力量。任何竞赛，双方除了靠智能、武器来致胜以外，耐力才是别人打不倒的主要力量。

勇气足的人：懦弱的人，很容易被人打倒，甚至有的人不等别人打倒，自己就先倒下来了。其实只要你有勇气，什么样的难关不能通过，什么样的苦难不能担当呢？

眼光远的人：有的人之所以不会被人打倒，是因为他有胆识、有远见；他看得远、看得高，不计较一时的得失，能够掌握机先，把握机会，而且能进能退，能前能后，能有能无。因为不计较一时之得失，眼光看得很远，即使遭遇挫折、打击，但是他心中坚信雨雪总会停止，春风一定会到来。

脚步稳的人：做人必须自己站稳立场，才不会被人打倒。例如武术行家，能够蹲稳马步，就不会被对方击倒；政治家不贪污、不做亏心事，就能“平生不做亏心事，夜半敲门心不惊”。

信心坚的人：信心坚固的人，不容易被人打倒。因此，人要对自己的言行有信心，对自己的作为有信心，对自己的事业有信心。

信心就是力量，信心就是我们的财富，我们不但对自己要有信心，对家人、朋友，都要有信心，不可以用疑心待人处世。

长乐先生：大师您“有愿必成”的气魄让人钦佩。在现实之中，有远大抱负、远大目标的人是相当普遍的，成功与不成功的差别是付诸实施了没有。

愿望是一个空架子，怎么去充实它，让它变成理想中的大厦？就是行动。

成功的领导者既有壮志凌云的理想，也要有把每一件具体事办好的能力。美国著名的专栏作家托马斯说，最出色的领导者能够在抽象至极的观念（远大目标、设想）与极其普通的细节（每时每刻的行动）两者之间出入往返，行动自如，或者，他们能够两面开弓，同时开展工作。

星云大师：四十五年前，我刚买下佛光山时，信徒们看到满山都是野草刺竹，交通又不便利，不禁大失所望，个个都说："这种地方，谁愿再来！"我不管众人的看法，率领出家弟子们同心协力，搬石运土，移山填沟，终于将荒山旷野开辟成道场。现在，佛光山不但是台湾的观光胜地，而且也成为国际佛教的重镇，当初说不来的信徒，已经不止百次上山！"有愿必成"，我们要相信自己心中的愿力！

佛光山的"人间佛教"宗风，源于我一生致力的目标——弘扬人生的佛教，生活的佛教。我们佛光人的精神就是：

常住第一，自己第二；

大众第一，自己第二；

事业第一，自己第二；

佛教第一，自己第二。

行动的信条是"给人信心，给人欢喜，给人希望，给人方便"，行事原则讲求的是"集体创作，制度领导；非佛不作，唯法所依"。我想，很多人都是因为赞成佛光山的精神、宗旨和信条，才加入佛光山的事业中来的吧。

长乐先生：普贤菩萨的坐骑是大象。寓意是做事一步一个脚印，非常踏实，理论与实践要结合，关键就是行动。

我的追求是把凤凰办成华语媒体中最适合有志者做梦、圆梦的地方。凤凰的记者闾丘露薇在很短时间内三次受到胡锦涛主席的关注与接见，凭的是什么？就是对拔尖精神的内心需求。

闾丘露薇是第一个深入伊拉克的华语记者。她从战场回来以后，参加了一次采访，胡锦涛主席看到了她，马上直接对着她说，闾丘啊，你在伊拉克的时候我们很担心，现在你回来了，我们很高兴。我送你两句话：事业要追求，安全要保障。

还有一次，胡锦涛主席访问欧洲，晚上九点多的时候天下起了小雨，当时，所有的记者都已经完成了发稿任务，虽然知道胡主席返回宾馆时还有机会采访，但由于下雨和时差，他们放弃了，只有闾丘露薇冒雨站在采访线上。胡主席回来时，看到了只有一名女记者在雨中等待的感人场面，他立刻冒雨下车，给了闾丘露薇一次专访的机会。

闾丘露薇说，有人认为，香港记者那么敬业，是因为他们出一条新闻就有奖金。这是小看了我们。第一，我们真的没有奖金。第二，一些额外的事我做不做老板也不知道。但是为什么我们会努力去做？是因为我们对于职业有一个基本的尊重。既然让我做这件事情，我拿了这个工资，我一定要在能力范围内把它做好，这是很起码的对于职业的尊重。

有追梦的需求，就会有很强的行动力。

◎传播也讲“菩提心”

长乐先生：星云大师和我，一个是传播佛法，一个是传播文化；一个是用出世间法在传播，一个是用入世间法在传播。大师办的人间卫视非常好，我经常看。还有大师主持的《人间福报》和出版的很多书，都属于Communication，就是大众传播。

这个时代需要传播些什么？我比较侧重出世的关怀，强调超越世俗的利害关系，强调无我、利他的境界，强调视野的高度，如果只关注眼前的得失、利益，很可能会损害大众的利益。

现在有很多内地的电视和台湾的电视在走向低俗化。它为什么要媚俗呢？源自商业利益的驱动。媒体把“利”看得太重了，觉得没有好的收视就没有广告，没有广告就没有收入，于是就去迎合收视率，播放一些乱七八糟的东西，裸体加尸体、枕头加拳头、男盗女娼等。如果这些东西充斥我们的电视和传媒，就把媒体世俗的一面放大了。在大众传播低俗化的潮流中，我觉得传媒还是应该用出世的理念来超越世俗的利益，坚守精英精神。

我们一档节目叫《世纪大讲堂》，很多一流的学者用通俗的办法在这个节目里讲高深的学术，这可能不具备很好的广告效应，但是我觉得它传播的知识正是当下社会缺少的，即使不赢利我们也要坚持，这就是一种出世的境界。

星云大师：照理说，在一个文明进步的国家里，媒体应该担负传播文化、提升人性、净化社会、引导大众追求真善美的使命，但事实是，现在很多媒体反而使社会向下沉沦。原因是有些媒体只为抢头条,提高收视率,不顾职业道德，无所不用其极地揭人隐私，挖人疮疤，造成当事人二度伤害。甚至未经查证的爆料新闻满天飞，不但报道的内容不实，而且立场不够超然、客观，有失公允。尤其有的媒体专门报坏不报好，甚至充斥着八卦、桃色、煽情的文字，让人每天打开电视，翻开报纸，都是一些杀盗邪淫、杀人放火的消息与画面。生活在这样的环境里，社会怎么会和谐呢？

有感于媒体报道不当，污染了阅听大众的思想、心灵，造成社会风气败坏，道德沦丧，甚至眼看着世风日下，社会治安日益败坏，所以我曾经在一次对媒体记者讲话时说："口中有德可以救自己，笔下有德可以救社会。"

长乐先生：说到这里，我想到一个话题——菩萨道。在佛教里，菩萨并不是一个偶像，而是指一种特殊的人格，一种特殊的人，一种生命价值、生命展开的修行过程。菩萨道的最高境界是利他，是普度众生，菩萨心就是勇敢的心，勇敢的生命。作为媒体人，我们行菩萨道就是要做一个有爱心、有道义的媒体，营造一个有爱心和有道义的社会。

星云大师：凤凰一飞十万八千里，和你们相比，我们的人间卫视只是个小麻雀。在佛法里，常以“三鸟飞空”作譬喻：三只鸟在空中飞翔，小麻雀“扑棱棱”很用力地飞，也才飞了几丈远，而斑鸠、鸽子一振翅可能就是几十丈，凤凰更是一飞冲天。三鸟飞空，迹有远近，空无远近，虽有近远之分、高低之分，虚空却是没有变的。

刘总裁谈到办电视台需要成本，需要很多人，但是为了提高收视率，要有人看，也就不得不有方便。就如佛陀说，从牛肚子里挤出来的牛奶，给人喝，没有人要喝。为什么？味道不好。因此，你加一点水，加点糖，加工一下，味道也就变得甜蜜了。所以，说传播的内容完全货真价实，有时也不一定。为了我们的发展、我们的前程，多为人着想就是。

讲到“空”，所谓“四大皆空”，其实就是四大皆有。人出生就是一无所有，你不空，能有吗？钱包不空，你的钱放到哪里呢？鼻孔、嘴巴、口腔、耳朵、肠胃不空，你怎么能活下去呢？空是存在，空才是有，所以空有是不二的，你我是一体的，不要有距离，不要有对立，一切的痛苦都是因对立而来。凤凰与我们的小麻雀人间卫视关系很好，就是因为我们没有对立。所以，与人相处，要视人如己，不要互相对立，才能自在，这也就是观自在菩萨，能照见五蕴皆空，渡过一切苦厄。

长乐先生：汉传佛教里边，特别强调把慈悲心放到最前边，慈悲心里最重要的就是修好菩萨道。因为中国的传统文化非常强调利他的问题。

星云大师：菩萨道里有慈悲，有智慧。菩提心，是信佛人的根本，离开了菩提心，所有的佛法都没有价值。菩提心是增上心，菩提心是对人慈悲，菩提心是用智慧来化解问题。所以，佛不要我们来拜他，也不一定要我们来信他，信佛是信自己，拜佛是拜自己，因此，菩提心就是完成自我。如果能把菩提心的力量、勇敢、慈悲、智慧结合在一起，就如真善美智仁勇集于一身，人生就会很完善了。

长乐先生：中国的菩萨，一般我们都知道是四大菩萨，地藏菩萨、观音菩萨、文殊菩萨、普贤菩萨，四大菩萨在中国各有一个道场，形成了我们中国佛教四大名山。

星云大师：其实佛教的法门很多，经书很多，佛祖、菩萨也很多，因为人人是佛嘛，我们台下坐的观众都是佛，甚至在电视机前面看节目的观众也都是佛祖，当然也都是菩萨了。菩萨不但慈悲、爱人、勇敢，也具有神通、智慧，假如我们要人家来关爱我们，我们当然也要有慈悲心、智慧力、愿力和行门的实践，这对每个人来说是很重要的，人人都需要佛菩萨的加持。所以，由于四大菩萨的信仰，而有中国的四大名山，让大家都能前去朝拜。

◎挨骂的气度

长乐先生：有一条格言说，要成功，需要朋友，要取得巨大的成功，需要敌人。我还有一个观点，不知对不对，就是“反对的意见总是对的”。这是因为，一般的反对意见中都有合理的成分，反对的声音会使我们的方案得到更严密的论证，反对你的人还会让你生气，这一气，反而让你的胸怀开阔了不少。

有一则短信总结了领导者职业生涯的四个阶段：

1. 出道阶段：意见即使正确也经常被否决。
2. 爬坡阶段：意见正确时不一定被认可，但错误一定会被指出来。
3. 成长阶段：意见正确时有人附和，错误时别人沉默。
4. 巅峰阶段：意见无论正确与错误，都会被热烈拥护。

这也从反面强调了反对意见的重要性。

星云大师：鱼虾游泳在海洋，飞禽飞翔在天空，虎豹奔跑在山林。我们人类，跟鱼虾、飞禽、虎豹也是一样的，我们生存的世间里也有不同民族、不同种族、各色人等。这么复杂的一个世界，所谓“五趣杂居”——天人、地狱、饿鬼、畜生、阿修罗，我们要有一个同体共生的看法。比如，我的手上害了一个疮，流脓、流血，我能把手砍掉，不要它吗？不能。我要为它洗涤、敷药、包扎，因为这是我的手，我要爱护它。

所以，世间纵有不好的人，有不对的看法，我们也要爱护他、感化他，让他与我们同体，共同在世间营造生命，不要彼此嫉妒、排挤、陷害。

长乐先生：柳宗元说，敌存灭祸，敌去招过。说的是一个强大的对手反而会让我们事业兴旺。比如，来自西方的批评就是我们很好的动力，也是我们修正方向的一个坐标。

美国兰德公司曾经尖锐地说：“中国人缺乏诚信和社会责任感。中国人不了解他们作为社会个体应该对国家和社会所承担的责任和义务。普通中国人通常只关心他们的家庭和亲属……这种自私和冷酷已经成为阻碍中国社会向前发展的关键因素。”

他们对中国“和平崛起”的说法也觉得不顺耳。美国《新闻周刊》的文章说，中国学者提出了“和平崛起”的理念。但是这个词在如何翻译成英文的问题上就遇到了矛盾，如果翻译成“rise”（意为：升起，发源，起义，高耸，增长，上升，复活），那么就会有暗含中国侵略性太强的意思；如果翻译成“emergence”（意为：浮现，露出，出现），则又会失去强大所造成变化的重要意义。从象形文字的意义上讲，“崛”字就像一座山，正在升起，犹如地震一般，但是和平地震肯定不符合中国人的想法。

不管他们批评得对不对，我觉得中国人已经不是一听批评就产生仇视心理的弱者心态了，我们自信了。但是，我们怎么能改变外界对我们的误解与畏惧呢？

星云大师：传播是增强沟通的最好方式。佛教里有六个法门可以让众生得度，就是：布施、持戒、忍辱、精进、禅定、般若。其中忍辱就是要有忍耐力，不能因为别人轻易说出口的一句话，就愤恨不平，就跟人家争执不下，应当要不屈不挠；精进，也就是说努力、奋斗、勇敢方能成功；般若，就是智慧，人只有体力是不够的，还要有智慧。另外，禅定、心力也很重要，因为一切都是从心出发。做好传播事业谈何容易？不能三心二意，要无有杂念，就好比我们的信仰一样，需要用心，才能激发自己内在的力量。如果要计较得失、荣辱，计较别人的看法，心也就不能安定了，所以心要无杂念，要至诚。

长乐先生：我们的《风范大国民》节目，就是想倡导一种素质和风气。

国力的强盛，需要文化道德如影随形。中国的国力虽然持续进步，但是在一些地方，陋习依然藏纳于生活中的诸多角落。《风范大国民》里的人物致力于推进民主与法治的脚步，为"人"的权利与尊严而东奔西走，虽然时常被现实的荆棘所束缚，却用良知守望着公平与正义。我想，我们每个人与"风范大国民"的距离就是中国与"大国风范"的距离。

星云大师：一个国家除了注重经济上的发展，还有很大的发展空间，尤其个人内心的发展也很重要。人要发展内心的真如佛性、慈悲智慧、仁义道德，如此，人人发光发热，互相照耀，也就能构成一个美好、安定的社会了。

◎有信仰，心中才有主

长乐先生：世上本无枷，心锁困住人。中国佛教没有排他性，在当今世界上值得好好地弘扬。我最初创办的文化公司命名为"乐天"，含有乐观、达观、豁达之意。每年的春节，只要我在北京，大年初一这一天我都会去雍和宫拜佛，每年我还会去一次五台山。佛是讲慈悲为怀的，有一种俯视人间、超越政治的高度，能安抚人最深的伤痛，触发人最深的希望。因此，凤凰这些年来，一直在赞助和支持国内国际的佛事活动，比如，释迦牟尼佛真身指骨舍利赴台湾、香港供奉，法门寺一级国宝在港公开展出，南京大报恩寺佛顶骨舍利盛世重光系列活动等。

佛是讲以和为贵的，讲温暖人间的，讲慈悲为怀的，这是我们当今世界缺少并需要的东西。

星云大师：只要是好的宗教，都是只有包容性，没有排他性。每个宗教信仰的对象或有不同，但是不管是信仰天主、上帝、安拉、佛陀，乃至地方性的各种神祇等，其实都是信者自己心中所规画出来的"本尊"，名称虽有不同，意义却是一样。

如何认识佛教？我想由于各人心中各有本尊，所以不管是耶稣、穆罕默德、孔子、上帝、关公，只要认定了就好，不要互相排斥，也不要以自己心中的本尊去要求别人。所以，大家想要和平共存，你信你的耶稣，我信我的佛陀，各信各的，互不妨碍。就如世间的学问，有人喜欢医学，有人喜欢哲学，何必要互相排斥呢？

人是宗教的动物，除了物质的需求之外，还要有精神的、心灵的、艺术的、信仰的生活等需求。尤其人一定要有宗教信仰，因为有信仰，人生才有目标，心中才有主。

我在20年前去北京的时候，中国佛教协会会长赵朴初先生说他倡导人间佛教，我真是非常高兴。我自觉我有人间的性格，我也倡导人间佛教，所谓人间佛教，我想比禅净偏于一方又有不同，现在人间佛教已经像阳光普照一样，慢慢地在世界点亮了般若一般的火炬。

长乐先生：佛教还给我一点重要的启示，就是要有敬畏心。人应怀敬畏之心。我们凤凰香港总部的大厅里有一组空中雕塑，像一群小鸟舞动翅膀，它的设计者是香港一个非常著名的女设计师，她喜欢我们这个媒体，把这组雕塑叫百鸟朝凤。但是我认为，还是怀有敬畏之心比较好，改名为“凤还巢”，最终改为一个字“归”。意为海外华人心向故国。

佛教给我们的启示还有很多，凤凰每年都要开一次广告会，这是一个非常商业、世俗的会，但是我们会把这个会放到佛教圣地五台山去开。

星云大师：希望下次能到佛光山来开。

长乐先生：好，一定去。我带着同仁去五台山开这个会议的时候，会带着他们一起跪拜。第二天，我说，为什么要带大家一起跪拜？也许你们不信佛，也许你们认为这种礼节多余了，但是，不管有多少个理由，不管是信佛的还是不信佛的，我们都要常怀敬畏之心，我们敬畏佛祖，敬畏菩萨，实际上是一种敬畏心的教育与培养。媒体是社会公器，媒体人要对自己说出的每一句话负责，对观众负责，对社会负责，对良知负责，对真相负责。这是多么严峻严格的考试。

作为凤凰人，不管你做得多么好，不管你做得多么到位，你永远应该想着要踏踏实实地归零，不断地归零，从头开始。

向前走，既要义无反顾，又要诚惶诚恐，把过去的一切抛在身后，只向着自己的目标。

我觉得这也是一种空，归零就是空。

星云大师：零是没有。但是你把这个零摆在一后面，那就是十。摆在一百后面，就是一千。摆在一万后面，就是十万、百万、千万。

所以，零看起来没有，有时候却很多。

◎才智越高越容易陷入自我困局

长乐先生：西方有句名言："通向灾难的道路都是由理想铺就的。"企业界有句名言："好企业都是被机会害死的。让自己摔跤的陷阱，都是由自己过去的成就设伏的。"

一个人的才智越高，越容易陷入自我的困局。你比别人聪明，能发现别人发现不了的机会，所以容易成功。但这同时带来了一个问题，容易自我膨胀，认为物竞天择，自己就是那个佼佼者，成为一个自我中心主义者。

自我中心主义表现在：1. 听不同意见就反感。2. 自己比别人都高明。3. 言语之间有意无意伤害对手或朋友。4. 不愿下工夫做学问，因为真正搞学问，时间太久，而探索真理，痛苦又太深。

星云大师：身为主管除了要懂得爱才惜才、量才适用之外，自己也要有用人的道德涵养，才能让被用的人敬重、佩服，用人之道有以下四点：

1. 要有和蔼的态度：身为企业主管，要想让属下喜欢你、接受你，最要紧的就是要有和蔼的态度，要平易近人，才能上下交流。

2. 要有谦虚的胸怀："满招损，谦受益"，做人谦虚一点，才能受人尊敬。所以，一个成功、伟大的主管，对待属下必须懂得虚怀若谷，谦虚以对。

3. 要有纳言的美德：一个会用人的主管，不但要鼓励属下有声音，赞许别人有意见，且要懂得"择其善言而从之"。

4. 要有容人的雅量：一个人的事业有多大，就看他的度量能容纳多少；一个人的人缘有多好，也要看他的度量有多大。所以，一个主管能有容人的雅量，才能与属下水乳交融，才能获得人望。

长乐先生："己所不欲，勿施于人"，凡是涉及到别人的言论，应该三缄其口，慎之又慎。我们经常形容口无遮拦的人为"大嘴吃天"，以自我的判断否定他人，以自我膨胀贬低同行，把各种不必要的困境、烦恼一股脑吞下肚子，是要消化不良的。弄不好钻进个孙猴子，在肚子里大闹天宫，只好吃不了兜着走。

星云大师：一般人常犯的毛病是自赞毁他，把我的一分好夸成十分，把他人的一分坏说成十分，炫己而抑人，徒然多招反感。所以，少说人家的是非，少论他人的短长，才是修行第一方。

长乐先生：过去，有一条成功的经验，“战略上藐视敌人”。可是，这个“好经”不幸被某些人当成了轻视科学、轻视历史、历史从我开始的借口。历史变成了三种证明材料，一是证明自己的成功是因为“老子是天下第一能人”，二是证明自己的失败都是客观上不可抗拒的原因所导致，三是“以人民的名义”证明他人不忠不义。

但是他们恰恰忘了，欲念越多，上帝越远。

星云大师：凡事耐烦，经得起时间的考验，这是修道者的第一课。修道者的眼睛不是要看人、看物，而是要看自己的心，不要让心随境转，懂得看真、善、美，看好不看坏，看正不看邪，看是不看非，才是重要。

长乐先生：傅佩荣先生在凤凰卫视开讲《国学的天空》，他有一段话让我印象深刻：“一个人在社会上跟别人来往，很容易自我膨胀，稍微有一点成绩，就认为自己超过别人。孔子就不会自我膨胀，因为儒家对于人我关系首重‘恕’字，‘如心为恕’，就是将心比心，为人设想；凡是牵涉到别人的言论，都要谨慎为之，以免盲目膨胀自我而否定别人，形成各种不必要的困境。”

成大事，要从“平”、“淡”二字用功。“生气谁都会，但什么时候对什么人生气，生气到什么程度，这是很难学会的。”过分情绪化是性格上的缺陷，是心智不成熟的表现。得之淡然，失之坦然。一个人在社会上行走，如果过分方正，棱角分明，必定会碰得头破血流。“谦卑在人前，所向尽通；傲慢在人前，寸步难行。”

◎我也可以叫“星云小师”

长乐先生：美国有一本书叫做《EQ》，所谓的“情绪智商”。扉页上第一句话就引用了亚里士多德的名言：“生气谁都会，但什么时候对什么人生气，生气到什么程度，这是很难学会的。”

人很难做到不受自己的情绪困扰。情绪会影响人的判断力，情绪好时，度量就大，情绪不好，看谁也不顺眼，过后再后悔。当自己的主观愿望与事实不符时，就产生各种猜测、怀疑、愤怒……这时候，设法调节自己的情绪，不走极端，保持体谅，就显得非常重要。

要想在社会上有所成就，除了有知识、有能力，情商也很重要。很多年轻人不懂这个道理，觉得这不就是油滑吗？黑白不两立啊，所以处事很自我，很任性，在遇到一些不公的事情时，情绪非常极端。

我个人认为，一个人在社会上行走，如果过分地强调表现方正和棱角，可能会碰得头破血流；但是如果过分地八面玲珑、圆滑讨巧，总是想让自己占便宜，也必将众叛亲离。做人还是方外有圆，圆中有方，外圆内方，方圆相济比较好。

星云大师：我曾将人分成四种：一是很能干，也没有脾气；二是很能干，但脾气很大；三是不能干，也没有脾气；四是不能干，但脾气很大。

过分情绪化是性格上的缺陷，是心智不成熟的表现。情绪化的人大都是非不分、事理不明。美国加州大学心理学教授艾克曼，是一位情绪解析专家。他认为我们的脸部表情是情绪的直接窗口。为了侦测情绪，他用电流刺激脸部肌肉，研究肌肉运动与情绪的对应关系，结果发现我们脸部肌肉有大约七千种不同的组合方式。意思是我们每个人可变化出七千张不同的面孔，有着七千种不同的情绪。艾克曼提出人类基本情绪有十大类——愤怒、恐惧、悲伤、嫌恶、轻视、惊讶、愉悦、尴尬、罪恶、羞惭——每一项都代表一大类相关的情绪。

这些基本情绪和佛教的分类颇为相似，早在两千多年前，佛教即已建构了一套成熟的心理学知识体系。佛陀说众生有“八万四千烦恼”，唯识学也将人的心理反应分析成五十一种，其中属于负面情绪的，就有贪、瞋、痴、慢、疑、恶见六种“根本烦恼”，以及随根本烦恼而生起二十种“随烦恼”，如愤怒、嫉妒、骄慢、悭吝、谄曲、昏沉、散乱、懈怠、无惭、无愧……这些情绪表现在外的，便是粗暴、蛮横、乖张、无理、喜怒无常的言行。

当一个人长期处在阴晴不定、激动忧惧的心理状态中，久而久之会影响生理变化，造成不易治愈的疾病，例如消化性溃疡、精神疾病等。医学研究报告中提到：“当一个人不快乐、发怒或紧张受压力时，脑内会分泌具有毒性的去甲肾上腺素。”具有毒性的激素，不只伤害身体，更会妨碍人际的相处，让自己陷入忧郁、躁郁、自闭的困境。

长乐先生：想要成大事，要从“平”、“淡”二字用功。凡人我之际，须看得平；功名之际，须看得淡。在等待的日子里，要刻苦读书，谦卑做人，养得深根，日后才能枝叶茂盛。

人如何处理自己的情绪呢？牙齿是硬的，舌头是软的，到了人生的最后，牙齿都掉光了，舌头却不会掉，所以要柔软，人生才能长久，硬反而吃亏。很多有才的人恃才傲物，结果在事业上得不到重用；一些能力平常一些的人因为处世低调，反而上升很快。很多人抱怨这是社会不公，其实深想起来教训深刻。

有的年轻人刚入社会，满腔热诚，满怀理想，但往往给人很骄傲的感觉。要知道，人的成功，能力是一方面，还需要等待机缘。人际的因缘、财务的筹集、时机的寻求，都需要时间，懂得低调，才会等到因缘，才容易成事。

做大事的人，一戒长傲，二戒多言。

星云大师：有谓："谦卑在人前，所向尽通；傲慢在人前，寸步难行。"谦虚，是做人处世迈向成功的重要动力。谦虚的相反是傲慢，它让人自以为是，无法自我检讨、自我反省，当然也无从进步。谦虚的人，地位愈崇高，他的心就愈谦下。相反地，做人最怕就是"满瓶不动半瓶摇"，肚子没有东西，却狐假虎威、虚张声势，只会更显出自己的不足，有云："虚心使人高贵，自负使人肤浅。"

人生无绝对的大小、高低、好坏、贵贱。自古以来，愈是礼贤下士的帝王愈是以贤名流芳，愈是不耻下问的老师愈能以学问传世。所以，人际上要能做到"老做小"、"小敬老"。樊迟向孔子请教如何种庄稼，孔子说："我不如老农。"樊迟又请教如何种菜，孔子说："我不如老圃。"从这段话中我们可以看出孔子的谦虚，他不会不懂强装懂，敢于在学生面前承认自己不如老农，不如老圃。

可见谦虚是人际相处的重要秘诀。一个人的学识再好，如果高傲不知谦虚，难受主管的青睐；一个人的容貌再美，如果自负，不知含蓄，难受他人的赞美；一个人的能力再强，如果不懂得忍让，难得他人的友谊。沟通与管理都是为了取得彼此的共识，而非强迫对方接受自己的看法，因此要能设身处地地替对方着想；能令别人欢喜接受，才是有效而成功的管理。

《训俭示康》云："君子寡欲，则不役于物，可以直道而行。"纵然得到万钟厚禄，也不可以胡作非为、任意挥霍，只有淡泊简约，才能依正道而行，不被世俗物累所牵绊。爬得愈高，愈要谨慎。名相诸葛亮说："不傲才以骄人，不以宠而作威。"就是这个道理。当你的声名如日中天，让人崇敬时，更要谦冲自牧。明朝儒士方孝儒说："虚己者进德之基。"一个自命不凡、恃才傲物的人，容易树敌；懂得反身退步，才会让人感到德厚如春风，让人愿意亲近。

长乐先生：自信的人往往很难接受自身的有限性，总觉得世界上没有什么事儿自己干不成。其实，不论你能耐有多大，那些古今圣贤的书籍和著述，你能看到的，不过九头牛身上的一根毛；可以成功成名的事情数不胜数，你能做到的不过如粮仓里的一粒米。知道了这些，遇到忧患和逆境时你就能通过忍耐而平安渡过，遇到荣誉和名利时就能退让而甘居老二的位置，就不敢以功劳自夸，而是寻找贤达之人一起成就事业。如果能做到这些，自私自满的问题就可以从性格中驱赶出去了。

左宗棠曾经题写过一副对联：敬胜怠，义胜欲；知其雄，守其雌。这十二个字，也是他成功人生的真实注脚。

星云大师：谈到成功，有很多人觉得我很成功，称赞我创下了许多"佛教第一"，我心里真是惭愧极了。匮乏如我，只不过是努力做一个"跑腿"的"老二"，将各种人、事、物结合在一起罢了。无论是建寺安僧，还是弘法度众，都是众人因缘成熟，感应道交所致。因此我常说："光荣归于佛陀，成就归于大众，利益归于常住，功德归于檀那。"往后这份福报能否延续下去，还必须靠大家共同努力。"一将功成万骨枯"，不要光看到高高在上的"老大"，那些无名的"老二"才更伟大！佛法说万法相互缘起，故法法平等，每一法都可以是"老大"，也可以都是"老二"，看你以什么角度去观察。

当初，我自号"星云"，只想自我勉励做星云团里的一颗小星星，以一己微弱的光芒和其他星光互相辉映，光照寰宇。如今佛光遍照五大洲，当年的心愿已逐渐成就，印证了发心行道自能聚合善缘，其果报是不可思议的。最怕的是自己说食数宝，不肯耐烦吃苦，连一点亮光都吝于付出，你不愿做“老二”，谁服气你做“老大”呢？

就如刘总裁刚才所提到的，年轻人心高气傲，不能领略低调的妙用，才刚创业就一路向前冲，一心想要超越前人。其实，“道高一尺，魔高一丈”，你的快速发展，必定招来无谓的障碍，所以懂得低调，奉行“老二哲学”的处世之道，才能减少伤害。

“老二哲学”说来容易，但是一般人不容易做到，很多人总希望比强、比大、比富、比有。有，是好事，但有也有其困难，有了压力，有了障碍，有了阻挠，都是因为有。因此，在拥有的同时，懂得低调一点，才能诸事圆满。刘总裁作为凤凰的大老板，想必也承受了很大的压力，对我刚才所说的肯定深有体会。

长乐先生：不敢当啊，其实何所谓“大”，何所谓“小”呢？

星云大师：其实，大中有小，小中有大，小和大都是一样的。讲一个“五个手指头争老大”的故事。大拇指说：“我是老大，因为我体格好，你们其他的手指都得听我的领导。”食指不服气，就说：“民以食为天，我食指指到哪里，你们就会去哪里，你们都得听我的，所以我最大。”中指说：“我最长，我在中央，你们统统要听我的。”无名指说：“你看人家都把钻石戒指、金戒指套在我身上，使得我珠光宝气，所以我最富贵。”只见小拇指不开口，大家奇怪，你怎么没有意见？他说：“我最小，我最后，我哪里能跟你们比呢？”大家一听，嘿，这个小拇指很谦虚呀。小拇指就说了：“不过，当我心里有慈悲，有恭敬，要对圣贤、父母、师长合掌时，却是我和他们最靠近了。”

所以，在佛教里，谁大谁小不要紧。我不叫星云大师，叫星云小师也很好。希望各位当大就大，当小就小，能前能后，能大能小，能有能无，能苦能乐，能早能晚，能多能少，那么我们就是万能的。

做个万能的人，不要上帝改造我，我们自己就可以改造自己。

◎与人宽得和谐

星云大师：美国西来寺刚落成时，我远从台湾赶过去参加，看到弟子们一窝蜂似的喜欢吃“比萨”、“汉堡”，心里很不以为然，所以在一次徒众会议中严令禁止。但听说还是有人偷偷地买来吃，我知道这是我的不是了，因为人在美国，怎么可以不吃美国食物呢？后来，有一回我到美国弘法，临行前，宜兰的徒众送了我一罐自制的豆腐乳，我带着它到美国，每次请客时，就拿出来作为小菜，结果一下子就一扫而空，比餐桌上特地做的佳肴还受欢迎。

我开始“检查”自己的心，回想自己在宜兰住了数十年，不也喜欢上当地的酱菜、麻糬、麻团、烧饼等，后来患了糖尿病，明知不可以吃甜食及过咸的酱菜，但有时还是照吃不误，现在徒众们来到欧美国家，喜欢吃西式餐品，也是无可厚非的事，何必如此严格地要求呢？经过这么一转念，我看他们只要不是太过分的嗜吃，都睁一只眼闭一只眼，装作没看到。后来在美国开会，我还经常以比萨、汉堡作为点心招待与会人士，大家在惊喜之余，都说我很通达人情事理，其实这都是将心比心所得来的感想。

长乐先生：大师为徒众留下自己的空间，是非常人性化的管理。孔子强调“惠而不费”，意思给人好处，自己不会有任何损失。企业能做到这些，就能与员工一起发展、发达。

很多白领都很羡慕google公司的工作环境，办公楼每层都设立一个电话室，每台电话机都安装在经过装饰的小屋当中，方便员工处理私事；很多办公区域，很容易找到台球、视频游戏等娱乐设施；每位员工至少配备两台大屏幕显示器，平均每个办公室只有4~6名员工；在上班时间，员工可随时到食堂就餐，食品种类丰富多样；累了躺在可调节的按摩椅上，然后看着水族箱，好好放松；员工甚至还可以穿着拖鞋、带着宠物上班……

有人怀疑这样的管理能出效率吗？答案是真的很有效率。为什么呢？

这和企业的性质有很大关系。作为一个以创造力为核心竞争力的企业，如果不能以人为本，谈何创造呢？所以，我非常赞成为员工留下“工作愉快”的空间，为客户创造“合作愉快”的空间。

星云大师：给人留“空”很重要。佛教讲“空”,空不是没有,空是妙用,因为有空间才能容纳大家的存在。建房屋要留有伸缩缝，人我之间也要留个若即若离的空间；人际如果没有伸缩的空间，往往容易关系紧张，造成摩擦，产生裂痕。

登上高台，得留梯子，才能下得了台；人情能够留一线，日后也才好相见。同样地，人生在世，在处理事务方面难免会有估计错误的时候，太过于刻板的严密计划会导致大错的根源，凡事还是要预留修正的空间。尤其在待人接物时，话不可说满，事不可做绝，预留余地，才有回转的空间。

长乐先生：对。人生如果是十分的话，也许应该这样规划：三分是遥不可及的理想；三分是别人口中不争的事实；三分是自己无所畏惧的追求，剩下一分留给自己是偶尔的忐忑不安，偶尔的灰心丧气。残缺之美也是一种美。

所以，做到“空”，要悟三个阶段：看破——放下——自在。

星云大师：我再补充一个故事，话说有一家人，丈夫去上班了，孩子去读书了，太太就在家里整理家务。当太太要清理垃圾时，门一打开，门口竟然站了四个老人，寒风飕飕的天气，让她于心不忍，就邀请了这四位老人家到家里喝杯茶。

老人们问：“你们家里有男人吗？”

太太说：“没有，上班去了，孩子也读书去了。”

老人们就说：“那不能去。”

中午，先生、孩子下班、放学了，太太就把这件事告诉她的先生。先生是个很有慈悲心的人，就说：“这四个老人到哪里去了？赶快去告诉他们，家里有男人，请他们来吃饭。”

太太到了街上，又看到这四个老人，赶忙说：“四位老先生，我们家里现在有男人，我先生说要请你们到家里吃饭。”老人家就说了：“哎哟，我们四个人不能一块去，我们一个人叫做和谐，一个人叫做成功，一个人叫做财富，一个人叫做平安，你只能找一个人去。”

太太又回去报告了。

先生一听，说：“当然选财富嘛。”儿子说：“哎呀，选成功就好了。”妈妈说：“平安就好了嘛。”小女儿在旁边说：“妈妈，找和谐啦。”爸爸一听，就说：“好了，以小妹妹的意见为准，请那个和谐老人家来。”

太太上前开门，对着在门口等候的四个老人说道：“老先生，我先生说请和谐进去。”和谐大摇大摆地进去了，后面的三个老人也跟着要进去。太太看了，一紧张，大声叫说：“不是说一个人进去，你们怎么要四个人进去呢？”和谐说话了：“谁叫你请我和谐呢？我一到，成功、财富、平安都会跟我进来呀。”

所谓“家和万事兴”，“和”很重要，家庭要和谐，朋友要和气，世界要和平。佛教讲“和尚”，就是以和为尚，以和为贵，我没有财富送给大家，就用佛法法财，贡献大家。

◎大直若屈，大巧若拙

长乐先生：人生三态，即“悲观、乐观、达观”。悲观的人在山脚下看世界，看的是幽冥小径；乐观的在山腰中看世界，看的是柳暗花明；达观的人在山顶上看世界，看的是天高地广。郑板桥说：“难得糊涂。”达观也许正是一种大智若愚的态度，是真正的智慧。

星云大师：智慧，“智”者从“知”，汲取知识是智慧的开始。然而知识是用学的，智慧是用悟的；能“日进新知”，并将知识活用于生活，融入于生命，这才是真智慧。平时闻法、思法、修法，可以帮助我们开启智慧。

世间最可怕的是无明。开显心中的智慧才是断苦之本。有智慧的人，对于任何事物都有正确的认识与了解。“别人看到外，我看到内；别人看到相，我看到理；别人知道点，我知道面。”这就是智慧。“感谢因缘”，就是有般若的智慧人。《六祖坛经》说：“改过必生智慧，护短心内非贤。”能够“知过改过”，更是大智慧。

有智慧的人，懂得寻找生命的根源，懂得提起“生从何处来，死往何处去”的疑情。有智慧的人，凡事往大处着眼，并能识大体，不会为了私事而和人计较，自然能够受人尊敬。有智慧的人，愈是紧急的时候，愈能镇静沉着，唯有在镇静中才能想出应付事变的方法。

智慧乃靠先天的禀赋及后天的努力，两者相较，后天的努力远较先天的力量大。老子说：“大直若屈，大巧若拙。”真正有智慧的人，必懂韬光养晦，必懂内敛含蓄，所谓“大智若愚”是也。

长乐先生：大师的意思是智慧比知识重要。那么，人生的真理无形无量，如何才能得到呢？

星云大师：禅者要有独立的精神，不要别人恭维几句就欢喜，讥评几句就烦恼，这样的生活，也就给别人操纵在手中了。别人要你欢喜，只要说你几句好话，你就欢喜了；别人要你烦恼，只要说你几句坏话，你就烦恼了，这岂不是把你变成了掌中玩具？

想得开，看得破，这就是“豁达的人生”！弥勒不被布袋所拖累，金碧峰不为玉钵所拘囚，乃至赵州不受赵州茶的操纵，云门不受云门饼的牵绊，万事能够放下，那是何等逍遥自在的人生啊。

所谓开悟，就是要明白自己与他人的关系，明白因缘条件，明白时空未来，明白万有同源。要把宇宙人生的问题，都能了然于胸，甚至把人我、自他的关系，都能处理得平等、和谐，都需要悟道的功夫。

◎左右逢源，五环同心

长乐先生：中国道家讲求“阴阳结合”的思想，讲究追寻天道、顺势而为、是道则进、非道则退。我总结办媒体的经历，提炼了四句话：办媒体不是技术而是艺术；媒体竞争不像赛跑更像舞蹈；管理媒体不是交响乐而是爵士乐；媒体经理人不仅是企业家，更像是政治家。当遇到困难的时候，尤其是碰到复杂问题的时候，需要依“势”而行，一味正面搏击，无异于以卵击石。我为凤凰制定了行业竞争的十六字令：你无我有，你少我多，你慢我快，你板我活。

星云大师：凤凰的十六字与我们佛光人所提倡的“你大我小，你有我无，你对我错，你好我坏”的出世方略有异曲同工之妙！可以见得，刘总裁是一个处世宏观、充满热情的媒体工作人员。您很慈悲、有智慧，而且有情有义。佛教讲究“和则贵”，现在又提倡“和谐社会”，我感觉在您身上体现得非常好，比如没有地域观念，对新知旧友都很重视等，因此凤凰才在世界各地都得到人们的尊重，与两岸三地的同胞都相处得非常好。

长乐先生：多谢大师。《孟子》说：“资之深，则取之左右逢源。”意思是说功夫到家后，做事就会得心应手，顺利畅通。成就人生就要具有做人的“品”，成就事业就要具有做事的“行”，两者有机地结合，才能成就自我。

星云大师：如同奥运的五个圆圈，彼此环环相扣，佛教里讲众生平等，不分男女老少，也不分宗教，你信基督教，他信天主教，尽管信仰的对象不同，心是一个。人心向真、向善、向美，每个人的心里能够扩大、能够包容、能够和谐，就能促进世界和平，这也就是大家共同的希望了。所以差异不是问题，只要大家向着一个美好目标迈进就好。

长乐先生：左右逢源、求同存异是一种处世艺术。如何求同存异？简单地说，就是对事不对人。把目光和精力放在一起做的事上，而不是放在计较做事的人的差异上。

◎寻求"共生之道"

长乐先生：中国文化对外来文化大都采取了一种圆融的态度。公元纪年的前后，印度佛教文化传入。因为一心向善，和平传播，佛教的东行没有遇到大的抵抗，没有发生大的战乱，佛教在看似不经意处调整自己，成功地融入并深刻影响了中国文化，中国的文化反过来也对佛教给予了包容和吸纳。

圆融是一种典型的东方智慧。

迄今为止的人类文明，一直都是多样的。世界从来没有、今后也不会被某一种文化所统一，它呈现出一种多元、交流、互动、融合的走势。世界上任何一个国家要想雍容华贵，就要"泰山不让土壤，大海不择细流"，融合各种文化。

我想，圆融的价值观是世界和谐与和平的一个途径吧。

星云大师：在佛教观念里并没有极端思想，佛教讲究中庸思维，也就是"空即是色，色即是空"。"9·11"事件后很多人都不敢乘飞机，不过该事件后，我搭乘同一架飞机前往纽约时，在上机后就睡着了，反观坐在旁座的法师却不敢睡觉，也不与我讲话。我就想，这有什么可怕的呢？这世界并不可怕，恐怖也只是一两次而已，凭爱心就好。所以，凡事不要太执著，尝试放下，但也不要敷衍，才是佛法所强调的中庸之道。

长乐先生：人与人之间的冲突、不和谐有时候是因为价值观、世界观、知识结构差异太大，有人因此得出了“西方文明必然会与东方文明发生冲突”的结论，事实上，自我中心主义和极端的行为方式才是导致冲突的根源。

星云大师：这个问题，使我想起全球的各种宗教。我所接触到的宗教传统都有一共同核心之处——强调人有懂得伦理、同情心的能力，伦理强调需要互相尊重，孔子说“己所不欲，勿施于人”；耶稣是“己所欲，施于人”；佛教、伊斯兰教等亦有类似的说法。

我认为，融和就是中道，中道才是真正的佛法。我将融和定位为佛教中道思想的具体实践。以实践面上来解释就是要把握“同中存异，异中求同”的原则；融和并非全盘否定自己或对方既有价值，而是寻求一种“共生之道”。

长乐先生：有了大师这种“大道相通”的世界观，就能更准确地理解这个世界。比如现在争论比较凶的问题：中医是不是科学？西医、中医对生命体的理解相差很大，如果把西医当做绝对的真理，那么中医自然是谬误，该废弃掉。但如果把西医看做探索生命的一种方式，而中医是另一种，那么它们就能够共存了。

星云大师：和谐的声音才是天籁，和谐的语言最可爱。如何达到“和谐”的境地？心意沟通就能和谐。和谐一到，一切就都顺当了，有了和谐，中国的未来将是一片大好，令人看到希望。

所谓和谐，不一定人人都要相同，你喜欢哪里，哪里就是最舒服的地方。这个社会，男女老少，各有不同，我们要异中求同，同中存异，这样就能架构和谐社会了。

长乐先生：按照西方的理解，越是坚硬和尖锐的东西，越能给人以伤害，因此在格斗当中，拳头比手掌更为优越。采用兵器，也是质地越坚硬、表面越尖锐越好。但是，中国人崇尚水一样的力量，水善于在不断地示弱，不断地身处下风的情况下，用“内力”去化解敌意与对抗。

星云大师：前不久《南方人物周刊》的记者来采访我，问我如何看待少林寺和商业运作。我就说，从佛教历史上看，正统的佛教都是从教理、教义基础上，从义理、制度、规矩、修行的层面来评鉴。少林寺属于教理、教义之外的一派，是靠武功的。武功对佛教也有贡献，但和佛教很多传统的教理、教义不一样，它是练功的，是练身体的；佛教是练心的，是讲心理的。

我不觉得一定要排斥他们。当初在欧美，中国人没地位，让人家看不起，这件衣服一穿，他就把我们当做是少林寺的僧人，立刻对我们表示尊敬。因为人家以为我们和李小龙一样有武功。总之一句话，大海不辞细流。佛教里，像过去八大山人的绘画，敦煌、龙门石窟的雕塑，技艺还是很了不起的。少林寺的永信法师积极发扬少林宗风，尤其现在少林寺的武功在外国很受欢迎，永信法师可以做出这么大的一个场面，说明本领不容易。不过佛教的层次也在提高。我想世界最重要的是正派，不论什么东西，只要正派，就会有人相信，就能存在，就不会麻烦，这就是智慧。

忍辱

包容的智慧Ⅱ——修好这颗心

一个人能忍受多少屈辱，就能有多少成就。忍，是天地间最尊贵的包容雅量；忍，是宇宙中最伟大的和平动力！奋斗可以拉伸生命的长度，磨砺可以延展生命的宽度。舂米房中能舂出真如佛性，受种种折磨能终而悟道。忍耐，实在是世界上最强大的力量。

◎忍让是一种力量

星云大师：一个人能忍受多少屈辱，就能有多少成就。忍让是一种力量，忍让是一种智慧。但是，也不要因此把佛教看成是很消极的，虽然我现在老迈了，没有力量了，不过，假如有什么事情不合法、不合理，我也敢以老迈之身跟他拼了！

长乐先生：大师从不同角度概括忍耐的力量，很精辟。

检视过去的岁月，我觉得若没有忍耐作为力量，是不能度过苦难的时光的。"文革"期间，从北京调到兰州工作的父母被批斗审查，驱赶到乡下劳动改造。我们家四个孩子，哥哥当兵去了——他是米格式战斗机的飞行员，当时也被停飞了；我跟两个妹妹在家里相依为命，大妹妹很小就去工厂上班了，我带着小妹妹住在家里。

我们住在兰州宁卧庄省委家属院，院子里住的大多是省委各级领导干部，"文革"一闹，他们成了"牛鬼蛇神"，我们那个院子就破落了。围墙全倒了，枯萎的落叶几年不扫，在地上铺了厚厚的一层；水管里没水，暖气是冰凉的。冬天，冷到零下二十摄氏度，我们只好自己去买煤、生炉子。我们没生过炉子，大家就一块儿弄，打煤饼，安烟囱，然后看着温暖的火焰升起来。但是，烟囱是一截一截接起来的，没有把缝隙堵上，有好几次我们都煤气中毒了，如果中毒再严重点，我也就没有现在了。

因为只能生得起一个炉子，我和妹妹挤在一个房间里睡觉。

做饭怎么办？基本上每天都是面条，因为面条最容易做，也最便宜，拿八分钱、九分钱换一斤切面，煮吧煮吧就吃。我妹妹说，天天都是面条、面条，吃你做的饭都快腻死了。

没有自来水，家家户户都到街上的水站拉水，我们用四个轴承当轮子，钉一个小小的木板车，放两只大铁桶，水拉来的时候，轴承“哗啦啦”地响，清脆的声音全院都能听见。

那时，父母的工资被扣发，我们兄妹的生活费只有每月十二元钱。虽然我还没有成年，但为了让两个妹妹吃饱饭，就到兰州制药厂当了机修学徒，挣钱养家。我们家在黄河南边，兰州制药厂在黄河北岸，看似只隔一条百把米宽的河，实际距离却很远。那时候兰州只有城西的黄河铁桥能过河，我上班要骑自行车先绕七八里过黄河铁桥，再弯回来骑七八里才能到药厂。少年的特点就是狂，我觉得费力费劲转那么大一圈太费时间，太没有创意了，决定横渡黄河去上班。

那时没有大人管，我自己决定了就可以行动。等到真下了水，才知道，兰州的黄河水是刚从青藏高原上消融而下的雪水，夏天也是冰凉刺骨，水流很急，经常有很大的旋涡，旋涡附近的水下有巨石。听说有很多会水的人在黄河里被淹死，就是因为被旋涡漩下去，头撞在巨石上，就完了。有一次我也被旋涡漩住了，人随旋涡在那儿转了好多圈，我拼命挣扎，还是转不出来。危急时刻，我意识到挣扎无用，立刻放平放松身体，顺势借力，借机冲出了旋涡，总算逃过一劫。

1970年，我已经当了制药厂车间里的小头头，但是我不满意那种生活，希望像哥哥那样去当兵。那时候，中国的优秀青年似乎只有入伍这条路才是谋求发展最好的途径。

我是通过父亲老战友的关系，走“后门”当的兵，因为我眼睛近视，不走后门当不了兵。到部队后，为了成气候，干大事，我没有去当最热门的文艺兵、汽车兵，而是到了野战军的工兵连。

工兵的职能是逢山开道，遇水架桥，抢险救灾冲在最前面。后来的那段军旅生涯让我一生非常受益，以苦为荣、苦中作乐就是那些艰苦的岁月留下的财富。

现在回想起来，时代赋予我们这一代人的使命远远超过我们的承受能力，十四五岁开始串联跑遍全国，十五六岁时父母被囚禁。我们这一代人，都是在还没有来得及准备去承担大任的时候，这些大任就砸到你脑袋上了。

我觉得，如果说读书学习能提升生命的高度，那么，承受磨砺的态度就决定了生命的宽度。

星云大师：真正的修行者，不是每天打坐，游手好闲，而是在搬柴运水、出坡劳动中参禅。像六祖惠能大师，就是从舂米坊中舂出真如佛性；法远禅师为饭头僧，受种种折磨终而悟道。

我出身于贫穷的苏北，十二岁出家以后，生活更是清苦，然而贫寒适足以励志，我刻苦耐劳的性格就是在这个时候孕育而成。记得在丛林参学十载，为了服务大众，除了平常的出坡劳动以外，我自愿发心典座煮饭两年、饭菜行堂六年、担水司茶一年半。初来台湾，为了报答寺院收留之恩，除了上课教书以外，我发心做一切苦役，每天打六百桶井水，清扫数小时落叶、水沟、茅厕，每天还要拉车到十余里外的市场，购买八十余众的油盐柴米。虽然与当地住众、信徒言语不通，勤快的工作倒也博得大众的好感。我常常因为体力透支而晕眩呕吐，往往一阵天旋地转后，我又默默地咬紧牙关，继续未竟的工作。

后来，我以文字般若来弘扬佛法，开始搜索枯肠，熬夜笔耕。1953年，我走入社会，说法布教，为了准备讲辞我费心思量，有时竟通宵未眠。佛光山开山初期，我又与山崩洪水日夜搏斗。近十年来，我马不停蹄地在海内外讲经度众，建寺安僧，每天分秒必争地和有限的时间赛跑。数十年来，无不是在忍耐忙碌、忍耐奔波、忍耐劳累、忍耐疲惫中度过，然而我不以为辛苦，因为忍耐是为了要积极地开拓人生，创造佛教远大的前程。

“英雄只怕病来磨”，我素来身体结实，然而也有好几次病痛的经验让我苦不堪言。在丛林参学十载，我曾经生烂疮，发疟疾，虽然辛苦难耐，足以致死，但是从来没有寻医就诊，为的是已将“色身归于常住，性命付予龙天”，只好用信仰和时间治疗。不知是诸佛菩萨的加被，抑或是忍耐力量所致，我都能不药而愈。其他如感冒、牙疼、眼痛、脑热，就更算不上什么毛病了。所以及至年长，遇到再厉害的感冒，再严重的病痛，我也惯于忍住苦楚，继续弘法写作，常常等到工作告一个段落时，才发觉自己也奇迹似的恢复了健康。

多年来的经验使我深深感到：色身的病苦不是真苦，只要我们肯忍耐，自然就有力量去承担一切病苦，而在病时不觉病，苦时不觉苦，自觉忍耐的力量可以应付一切。体肤的饥寒、筋骨的劳苦可以借意志力来克服，心中的委屈、他人的误解也可以用平常心来对治。一般人最难忍受的还是名节的无端受损、人为的故意抹黑，然而在几十年间，这些我全部都遭遇了。早年因我为佛教勇于建言，多次被教界人士议论为异端分子，后来由于军工商各界官员来向我请益佛法，我又被新闻媒体说成与政治挂钩。凡此都是打击伤害的话题，然而我并不予以理会，只是淡泊处之，默然以对。果然事实的发展证明了我理念正确，时间的递嬗也还给我清白公道。

所以，忍耐并不是懦弱无能，而是面对毁谤讥讽，还能择善固执，无怨无悔。

长乐先生：庄子说，学而不能行，谓之病。庄子去见魏王时，穿着很破旧的衣服，十分寒酸。魏王取笑说：“先生为何如此疲惫？”

庄子说：“是贫穷，不是疲惫。士人身怀道德而不能推行，这是疲惫；衣服破烂鞋穿帮，这是贫穷而不是疲惫。”

心不得志才是真的疲惫，其他的任何磨砺都是可以忍耐的。能忍就忍，难行能行，正是：

“受不得屈，做不得事；受不得穷，立不得志；
受不得苦，当不得官；受不得辱，处不得众；
受不得乱，理不得务；受不得谏，为不得政；
受不得冷，静不得心；受不得累，担不得重；
受不得教，成不得器；受不得败，圆不得梦！”

星云大师：学习的目标不在知识本身，仅有崇高的理念是不够的，必须付诸实践，服务人群。

忍耐，实在是世界上最强大的力量。唯有真正的菩萨行者，他们以忍耐为力，以慈悲为力，难行能行，难忍能忍，所以能一鼓作气，排除万难，成就福国利民，饶益众生的丰功伟业。

长乐先生：我想请教大师的是，在自己的职业生涯中，经常会有让自己哭笑不得的阶段，特别是内部压力和外界的压力交织的时刻，可能连自己的团队都不理解你，不支持你，作为领导者，怎么办？

星云大师：被人不理解，被人毁谤，人生在世的气恼当然难忍。然而正因为难忍，所以才更要忍，如果容易忍，还要你来忍吗？布袋和尚说：“有人骂老拙，老拙自说好；有人打老拙，老拙自睡倒；有人唾老拙，任他自干了；他也省力气，我也少烦恼。”

忍，是天地间最尊贵的包容雅量；忍，是宇宙中最伟大的和平动力！

须菩提尊者在修忍辱波罗蜜的时候，你叫他坐，他就不站；你要他立，他就绝对不坐。这不是懦弱，这是忍的力量。《金刚经》中，佛陀说他自己做忍辱仙人的时候，被歌利王诬陷、割截身体，他都不生气，他所表现的正是“难行能行，难忍能忍”的修行功夫。所以，成佛要有三十二相八十种好，要福慧俱全，这就是佛陀的“三祇修福慧，百劫修相好”。相好从哪里来呢？都是从忍中修来的啊！

一般人在受了欺侮、冤屈时，往往痛哭流泪或暴跳如雷；但是，哭过了，跳过了，也就没有力量了。假如能忍住眼泪，忍住暴怒，保持平和，保持镇定，这就是涵养力量，这就是忍的功夫了。

长乐先生：我理解您的意思，就是说，不要活在别人的眼里，要活在自己的心里。世间太多人过于计较了，不能放下身外事，不能关注自己的心，所以受不得磨砺。我有十条“忍”字法则可以与大家共享：

常责备自己的人，往往能得到他人的谅解；

学一分退让，讨一分便宜，增一分享受，减一分福泽；

念头端正，福星临，念头不正，灾星照；

心慈者，寿必长，心刻者，寿必促；

骨宜刚，气宜柔，志宜大，胆宜小，心宜虚，言宜实，慧宜增，福宜惜，虑不远，忧亦近；

人之所以痛苦，在于追求了错误的东西，该放手就放手，无须再忍；

忍一时，风平浪静，退一步，海阔天空；

气是无明火，忍是消灾星；

屈己者，能处众，好胜者，必遇敌；

事不三思，总有败，人能百忍，自无忧。

长乐先生：很多人说我“心软”，其实我只是更愿“让”。人生需要“让”，没有“让”，何来定力？何来人格？何来豁达？何来彻悟？“让”与“不让”，实际上分出了英雄与庸人。很多人称赞大师为人非常厚道，我觉得这种厚道其实正是一种“让”的精神，是“爱与善”的力量。我有一个疑问想请问大师，很多时候面对坏的东西、恶的东西，如果我们退让是不是姑息养奸，是一种纵容？

星云大师：在佛教里面，所谓“五戒”：不杀生、不偷盗、不邪淫、不妄语、不吸毒，看起来都是消极的，其实不尽然。在佛教里，可以杀生吗？这要问你为什么要杀生？如果是为了正义、救人、救世而杀生也不是不可以。

例如释迦牟尼佛过世时，为了救五百个商人而杀了一个坏人。杀人有罪过，但是佛陀为了救人，愿意担当杀生罪，也有功德。所以有的事情需要从积极面去看。

刚才讲的五戒，它尊重的是五种自由：不杀生，是尊重生命的自由；不偷盗，不侵占别人的财富，是尊重财富的自由；不邪淫，是尊重身体的自由；不妄语，不侵犯别人的生命，是尊重信誉、名誉的自由；不吸毒，不侵犯自己的智慧，进而也就不会侵犯别人。一切事情当中，有消极的意义，也有积极的意义。说到坏人，我们就不能姑息养奸了。

我们要学会"让"，但不能没有原则地"让"。"让"是力量，"让"不是你骂我，我不回口；你打我，我不回手。"让"是智慧，好比拳头没有伸出去是有力量的，随便打出去一拳，力量就没有了。所以，人不能随便出力。很多人太急躁，急躁就没有力量，你的眼泪泱泱一流，后面就没有力量了，含住眼泪才能化悲泣为力量。

长乐先生：该匍匐的时候就要匍匐，这并不是没有原则或者没有骨气，而是识时务的明智之举。当过兵的人都知道，匍匐前进是一门斗争艺术，可以在对手未曾觉察之前悄然到达目标，使自己有机会成为最终的胜利者。

《阴符经》上说："性有巧拙，可以伏藏。"也就是说，善于伏藏是事业成功和克敌制胜的关键。一个不懂得伏藏的人，即使能力再强，杀气再重，智商再高，也难以战胜敌人。伏藏的智谋有几种：委婉和顺但不因循，称做委蛇；隐藏起来不显露，称做谬数；欺骗敌人，使自己不受损失，称做权奇。若不婉顺，那么事情就受阻；若不隐藏，就有危险出现；若不欺骗，就可能被敌人消灭。伏藏真正的内涵其实就是藏拙和藏巧，个中滋味需要自己去品味。

做人，得饶人处一定要肯饶人。如果因为自己一味地放过别人，别人却步步得寸进尺，那么偶尔的时候，在合适的时机，杀杀对方的恶气也是可以的。不过，千万记住不要让自己的宝刀轻易沾血，沾染了血迹的宝刀再听到血难免会呼啸骚动，其境界与不战而屈人之兵就差得远了。

◎身体就是一座炼钢厂

星云大师：小时候因为家境贫寒，我无法和其他小孩一样上学读书，接受完整教育，所以一直很自卑，总觉得自己好比路边的一块破铜烂铁，一无是处。十一岁那年，我无意间和外婆谈起心中的感受，外婆告诉我："傻孩子，破铜烂铁有什么关系，只要肯在大冶洪炉中熬炼，破铜烂铁也能成钢。"这句话犹如黑暗里的一道光明，引领我走向多彩多姿的人生。

就读佛学院时，为了磨炼身心，我曾效法古德，以各种方式来刻苦自励：在过午不食期间，我体悟到精神超脱的法喜甚于口腹贪求之欲；在刺血写经时，我感受到自己与佛陀血肉相连，与众生心心相系；在实行禁语期间，我曾因多次违禁而掌掴自己，久而久之，连心中也不复闲言杂语；在拜佛礼忏之时，我匍伏佛前，长跪哀悔往世罪业，乌云般的无明层层剥落，明月般的佛性逐渐显现，一股法喜冉冉升起。凡此不仅强壮我的体格毅力，也长养我的菩提道心，使我经得起日后风霜雨雪的考验。佛说"身为苦本"，历代祖师们则鼓励我们进一步"借假修真"。身体其实就是一座炼钢厂，若能下定决心，难行能行，难忍能忍，苦恼正是最好的燃料，它能促进烈火的焚烧，将破铜烂铁的杂质，烧炼成金刚一般的法身。

1949年，刚来到台湾时，我四处漂泊，无人收容，真正遇到难以度日的苦楚。后来我辗转来到宜兰，生活才逐渐安定下来。当时正信佛教不发达，为了接引更多的人学习佛法，我不惜将微薄的稿费拿来购买佛教书籍，送给来寺的青年；我甚至经常忍饥耐饿，徒步行走一两个小时以上的路程，到各处讲经说法，将饭钱、车费节省下来，添置布教所需的用具。

佛教第一次传教用幻灯机、录音机、扩音器，就是那时购买的。

随着弘化区域的逐渐拓展，闻法信徒的日益增多，我发现人生的问题无穷无尽，心中益发体会佛陀示教利喜的悲心宏愿，因而更加激励自己以弘法利生为己志，所以凡有人前来请法，无论路途远近，我都欣然答应；凡信徒有所请求，不管事情难易，我也尽量化解其忧。

说到弘法，光是交通，我那时骑过单车、坐过牛车、煤矿坑道用的轻便车、三轮车、手拉车，当然火车、汽油车，甚至骑马、乘轿、飞机、小船统统在内。

尔后数十年来，我常常因为接引信徒，从早上讲到晚上，我时时由于行程紧凑，耽误了用餐的时间。有时为了方便起见，我干脆用冰水泡热饭，或以热茶泡冷饭，聊以充饥；有时刚要举箸用餐，却临时接到邀约，我只得端起碗来，管它里面装的是滚汤，还是热面，"稀里呼噜"地一并倒入嘴里，也顾不得烫破舌头，更别说是否填饱肠胃了。所以尽管这些年来稍有余裕，我还是经常食不饱腹。

长乐先生：大师开示我说，碰到挫折的时候，要学会顺势而下，找到黑暗里的光明。

一位老和尚，身边聚拢着一帮弟子。这一天，他嘱咐弟子每人去南山打一担柴回来。

弟子们匆匆行至离山不远的河边，人人目瞪口呆。只见洪水从山上奔泻而下，无论如何也休想渡河打柴了。无功而返，弟子们都有些垂头丧气，唯独一个小和尚与师父坦然相对。

师父问其故，小和尚从怀中掏出一个苹果，递给师父说，过不了河，打不了柴，见河边有棵苹果树，我就顺手把树上的苹果摘来了。

老和尚便责问，出家之人怎能妄取无本之果？

小和尚答道：师命有所不从，皆因尘缘不清造化弄人，我得无本之果，使之皈依佛门净地，不为俗世玷污。虽初衷未果，然弃不期之期，得天意而顺其自然。

后来，小和尚成了师父的衣钵传人。

世上有走不完的路，当然就有过不了的河。过不了河，不必倔犟，忍一口气，掉头回来，摘个苹果，也是一种收获嘛。

星云大师：我年轻的时候，土匪抓过我，要枪毙我。来到台湾，国民党抓住我，也要枪毙我。但是他们都错了，我只是一个和尚啊，枪毙我干什么？好在我命不该绝，都没有被枪毙，因为我不是匪谍、不是国特。所以，绝处不必惊慌，绝处自有生路，正是："为做事，必须忍耐；为求全，必须委屈。"忍过来就好了。

一般人一生顶多只办一所大学，我创办四所大学之外，与政府合办八所社区大学，同时在全世界有数十所中华学校、佛教专科学院，以及美术馆、图书馆，另外还成立人间卫视、《人间福报》等。平时经常有人问我，佛光山是怎么建起来的？我都说，佛光山是"从无而有"、"从空而来"。因为我不要钱，我也没有钱，所以大家才肯帮助我，护持我建寺弘法，兴办佛教事业；如果我有钱，谁会"锦上添花"，愿意拿钱来护持一个有钱的出家人呢？

长乐先生：大师说的是。天才的成就是"上帝"给的，普通人的成就是职业精神换的。职业精神大致可分为四种：敬业、专业、勤业、创业。有了这四种精神，什么事情都能干成。

人活着，最重要的不是占什么位置，而是面朝什么方向。方向正确，"破铜烂铁也能成钢"。

星云大师：人的前途，如同海上的浪潮，起起落落，时有低潮，时有高潮。遇到困境，很多人不是算命卜卦，求命改运，就是向土地公、妈祖婆、太子爷祈求化解，希望前途发达顺遂，却往往慌乱无助。遇到困境时，到底要如何突破？

闭紧嘴巴，少说多做：有时候遇到困难，多说无益。因为不是所有人都了解情况，也不是所有是非都能说清楚。这个时候，只有闭紧嘴巴，多做事，少说话，只要有精神、有力量，是对的，就一直做下去，必定会有转机。

咬紧牙根，奋斗向前：人生不如意事十之八九，面对困境，别人能给予的帮忙有限，主要的还是靠自己。汉朝司马迁受“腐刑”之辱，却咬紧牙根，完成《史记》；隋朝静琬大师，为保存法宝，咬紧牙根雕刻“房山石经”，留下了世界最大一部石书。古来大德圣贤，成就的背后，无不来自一股对理想的坚持。咬紧牙根，就能激发潜能，增加力量，勇往向前。

把紧心关，不失正念：随着物质的进步丰富，人类面临许多人性的挑战。有些人遇到困境，就出卖人格，出卖理想；也有些人，积欠巨债，自杀了事，大好青春毁于一旦。其实，人不怕贫穷，即使事业失败，只要把紧心关，如禅门所云，“提起正念，照顾所缘”，不失去立场正念、人格道德，必定有拨云见日的时候。

踏紧泥土，免堕虚无：佛教有“空中楼阁”的譬喻，意指好高骛远，不从基础力行，是无法成就的。也有一些人，不重视当下勤修福慧资粮、广结善缘，却冀望遥不可及的净土。踩在虚无缥缈间，这是很不实在的。唯有脚踏实地，把握当下，才能避免空谈。

握紧拳头，战胜横逆：人遭逢挫折、失意、困厄时，内心容易茫然无助，失去自信，而退缩在自我的世界里。逆境、不顺是一时的，靠自己的力量，相信自己我能，就能自我健全、充实自己，战胜自己的命运。

盯紧目标，圆满完成：目标就是方向、方针。国家要有施政方针，企业要有业绩目标，就是菩萨修行，也有五十二个阶位，作为修道的目标。没有目标，容易迷失方向，因此即使身处困境，还是要有计划，朝着目标前进不懈，必定有完成的时候。

困境不是绝境，面对不一定难受，逃避也躲不过。你看，石岩里的小花，突破困境，所以摇曳丰姿：湍流中的小鱼，逆流而上，所以展现活泼生机。吾人应扩大心胸，突破自己，不被困境的框架束缚，才会健全茁壮。

◎平心静气接受压力

星云大师：一个人要有压力，像篮球、排球，有了压力，它就跳得高，没有压力，它就不动了。人生勇于面对挑战，我从小受的教育，每当失败的时候，都要受到父母的打骂，都是要承受委屈。不过，虽然我当时年龄小，也能体会父母的苦心，知道这是他们在教育我，我应该承受它，学会心平气和地接受压力。

日本人很喜欢吃生鱼片，据说这种鱼是从很远的地方运过来的，但是往往活鱼运到时，因为时间隔得太久，全都死了。后来，他们想了一个方法，在鱼箱里面放几只螃蟹，由于螃蟹是鱼的天敌，每当螃蟹在那里爬动时，鱼就到处躲来躲去，因为这个压力，反而增强了鱼的生命力，鱼也就不会死去了。可见，压力是必要的。现在的年轻人经不起压力，我很不能理解。人有无限的潜力，有无限的生命力，应该要像凤凰一样一飞冲天，为什么经不起一点压力呢？这是很奇怪的事情。

长乐先生：现代社会，压力大有很多原因，不同的人有不同的压力，如何去忍耐、去化解呢？我是凤凰的掌门人，有一个歌叫《老大》：

老大
真的不太好当
老大的背后是一面墙
什么都要阻挡
还要背着大家往前闯

一次次的失望

还要用良心去换理想

……

黑锅要去扛

要挺着宽阔的胸膛

无论有多么疼

受了多重的伤

坚强！咬着牙坚强

我听了之后心有戚戚焉。我就是那个背后一堵墙的老大，别人可以退，退到我这儿就不能退了，压力是相当大的。

长乐先生：当压力出现的时候我们感谢它、正视它、用勤劳化解它，我们解决压力的工作有意义，就可以把压力消除于无形。

星云大师：人生很忙，忙应该是快乐的，闲很痛苦，我提倡“忙就是营养”。忙，是自己的养分，人要忙起来，才会成长，人生才有意义，才有目标。闲，只会胡思乱想、无所事事，也就如同没有了灵魂，没有了中心。我出身贫穷，从小就给自己警告，我不努力、不服务就没有未来。

到了现在，我虽没有读过书，也没有学过什么技能，一无所长，但是承蒙社会给我很多荣誉博士学位——当然这不是说我有学问，只是我想，勤劳很重要。我没有度过假，没有星期六、星期天，也没有过年。我闲暇的时候，最重要的休闲就是读书，没有人教我要读书，但是我知道我如果不读书，在这个知识爆炸的时代将一无所知，人家就会看不起我。

所以，读书、工作、待人、结缘、帮忙、服务很重要。今后这个世界必定像凤凰卫视所表示的，是一个“服务的世界”，谁肯为社会、为别人服务，谁就能存在，谁不为别人服务，只想到自己的利益，必定会被淘汰。

所以，人生的意义就是“服务”，这两个字大家都会说，实际上还要付之于真实的行动。因此我说学佛不一定要拜佛，不一定要信佛，也不一定要求佛，而是要行佛。

过去，我在台湾遇到OAK奶粉代理商曹仲植先生，他的太太希望他拜佛，我说你不要拜佛，只要行佛就好了。他说，好，我行佛。后来他就用轮椅布施给残障人士，据我所知，他至今布施了十万台以上的轮椅。为什么他要这么做？他要让那些苦难的残障人士都能得到轮椅的帮助，减少痛苦。所以，我觉得，举世滔滔，所有人若能有服务精神，都能懂得行佛，将会很快乐。

长乐先生：什么是事业？一份稳定的工作勤劳地从事，即事业；一种通俗的志趣专注地投入，是事业；一种平凡的努力实现一个不平凡的理想，还是事业。

勤劳、专注是做事业的最基本的态度，而宽大正直、毅力恒心则是事业成败主要的因素。

◎少一些无谓的争锋

星云大师：在佛教的思想里，不论黑白或各种颜色都是平等的。就好比我们讲六祖惠能大师，其实天下的众生也都可以做六祖，甚至十方一切众生也都可以做释迦牟尼佛，因为人人都有佛性，人心都是一样的、平等的。谁能说黑是不好的颜色呢？非洲国家编辑的教科书就说："黑，是世界上最美丽的颜色。"

人在职业生涯中，难免遇到一些很有心机的人，或许还会因此被利用，心中感到不平的同时，也会觉得社会黑暗。其实，对世间的要求不要太高，不要觉得权谋、计策一定不好，所谓盗亦有道，就是强盗土匪也讲一点道理，不要完全把坏人看得一无是处。再怎么样败坏的东西，也可以成为肥料。没有污泥，又怎么会有莲花呢？所以莲花最感谢的就是污泥。尽管世间都是污泥也不要紧，我们是莲花就好了。

所以，对于坏、罪恶不要太计较，世界永远是一半一半的，男人是一半，女人是一半；白天是一半，夜晚是一半；好的是一半，坏的是一半。我们能做的就是把好的一半壮大一点，把坏的一半减少一点，希望大家都是善良那一半的人。

长乐先生：有人问我，经商的人都开始信佛了，你们是不是想“放下屠刀，立地成佛”？“放下屠刀，立地成佛”是佛教包容的重要内容，我们称呼一些商人是“儒商”或者“佛商”，说明这些道理对经商是有意义的，比如我们怎么让先富裕起来的人回报社会，让富裕起来的人在聚财的过程中多讲道德，多讲合法性，多讲商业规则？

星云大师：如果不能奉行“正”道，就会走入“邪”道。佛教里面提倡“八正道”，说的正是人间生活中，人人皆应遵守的道德准则，这八种正法就是：

正见：即正确的见解与观念。正见是修行的导师，如行路需要眼目，航海需要罗盘一样。正见又像一部照相机，拍照时必须调好光圈、距离，画面才能清晰美丽而不会走样。

正思：正思就是不贪欲、不瞋恚、不愚痴，远离邪妄贪欲，作真理智慧的思量分别。

正语：即远离一切不慎之语、诽谤之语、傲慢之语、辱骂之语、刻薄之语、花言巧语和虚妄不实之语。

正业：指正当的行为，亦即行为举止正当，身、口、意三业清净，远离杀生、偷盗、邪淫等一切邪妄。

正命：即正当的经济生活和谋生的正当方式。

正勤：就是正精进。精是不杂，进是不退，亦即朝真理的目标勇猛迈进。

正念：就是清净的意念，即不生邪念，忆持正法。

正定：即以正确的禅定集中意志和精神，使散乱的身心注于一境。

长乐先生：佛陀说："一般人是看得破却忍不过，欺人是祸，饶人是福。"

如何修炼"八正道"？有这样一则故事。一个弟子问禅师：如何去忍？禅师就把一把盐放在杯子里，让弟子喝这个水，弟子喝后说水咸得没法喝。禅师拿着比刚才更大的一把盐倒在庙前的湖里，又让弟子喝湖里的水，弟子喝完说一点味道也没有。如果在对待黑暗、不公和冤屈时，你的胸襟像湖一样大，这点盐算什么呢？

树大招风，当我遭受攻击、谣言之害时，我会想起这个故事。比如某个论坛对凤凰搞恶意攻击，有人主张立刻辟谣，有人主张针锋相对，但是我最终却决定不予理睬。一些朋友不理解：你们怎么对危机熟视无睹呢？怎么不在意谣言啊？我觉得，谣言肯定有负作用，会伤害我们，但是，再一想，天下多少事都败在一个"气"字上，斗一时之气，逞一时之快，反而会让我们注意力放在枝节问题上，放在洗清冤屈上，影响我们对企业核心价值的追求。对待侮辱你或者责骂你的人，化解还是首位的。

受辱是一种度量，挨骂是一种鞭策。

有个朋友在我遇到危机的时候给我发了一条短信，我至今还留着："人不可有机心，人应该有机遇。机心要放得下，机遇要抓得住。面对危机要决断，面对转机要远谋。面对胜机要把牢，面对时机要出手。面对心机要藏拙，面对兵机要绸缪。面对神机要深算，面对天机要缄口。"

我放下机心，谣言早晚都会如烟云散去。

星云大师：《般若波罗蜜多心经》开头就说："观自在菩萨，行深般若波罗蜜多时，照见五蕴皆空，度一切苦厄。"观世音又名"观自在"，怎么自在法呢？观人自在，你坐在这里主持节目，受访的我很自在，这就是快乐。假如你问的问题，我听了不欢喜，我看人就不自在了。

除了观人自在，还要观环境自在。在这么堂皇的会堂里，我坐在这里讲话，现场观众那么安静，连一根针掉到地上都能听到，这样的环境令人很自在。所以，观自在，就是观照、观看自己在不在，自己在就能自在。若是随着欲望、是非、闲话去发展，当然就不自在了。

长乐先生：是的，主要是观看“自己”在不在。有一句话叫“人的快乐不是他拥有的多，而是因为他计较的少”，和大师的“自在”有异曲同工之妙。何谓高人？

痛到肠断能忍得过，苦到舌根能吃得消；

烦到心乱能耐得住，困到绝望能行得通；

屈到愤极能受得起，怒到发指能笑得出；

急到燃眉能定得住，喜到意满能沉得下；

话到嘴边能停得住，财到眼前能看得淡。

在面对恶意攻击的时候，我首先想到的是宽恕，怎么去宽恕？就是称自己的心。觉人之诈，不发于言；受人之辱，不动于色；察人之过，不扬于人；施人之慧，不记于心。这也是慈悲吧。

星云大师：佛教的目标就是以出世的思想、做入世的事业。思想是出世的，性格则要入世的，要服务，要救济，要为人间奉献。能真正出世的人就能入世，能真正有大慈悲的人就能有出世的观念。

长乐先生：佛陀说，把快乐的气氛带给他人这是慈，慈就是爱，是清净的爱；恻隐之心，就是悲。实际上慈和悲的区别在什么地方呢？就是慈是爱护心，悲是怜悯心。菩萨有五类，第一类菩萨是大慈弥勒佛菩萨，然后是大悲观世音菩萨，大智文殊菩萨。大慈是弥勒佛，是未来佛，因为他把慈和悲变成一个境界。悲在智之前。我一直在研究印度佛教为什么强调智，大陆的佛教为什么强调悲？还有藏传佛教为什么强调智慧？为什么印度教发展到后来越来越空，越来越束之高阁，最后没有生存空间了？藏传佛教也有一段时间的低潮，后来宗喀巴自己提出来了，要少讲智慧，多讲慈悲。因为智慧讲太多了，就会拒绝民众。

我们要多讲一些慈悲，少一些无谓的争锋。

◎工作越努力，运气就越好

长乐先生：美国第三任总统托马斯·杰弗逊说过一句很有意思的话："我是绝对相信运气这回事的。我发现，我工作越努力，我的运气就越好。"

好运气并不是自动落在每一个人身上的。一切都源于我们强烈的企图心。

星云大师：愿无虚发，心愿一发，所作皆办。尤其做任何事都要给参与者一个远景、希望、未来，步骤、构想拟订了，执行起来也就容易多了。就像当初彰化福山寺重建，困难重重，他们就以资源回收筹募了近十亿元的建寺基金，令我深受感动。因此"给人信心，给人欢喜，给人希望，给人方便"都是执行力的具体展现。有心才有力量，力量加上智慧，还有正确的方法，就能为我们带来执行力，就能让我们创造全民的财富。

长乐先生：在遇到困难、无人喝彩的时候怎么度过？那就自己表扬自己。这不是阿Q精神，表扬与自我表扬相结合，是事业初起时凝聚人心、激励斗志的有效方法。在事业达到一定高度的时候，反而要以自我批评为主，去解决因为成功而滋生的骄和躁的问题，企业做大后的"山头"问题，品牌形成后的自满和怠懈问题，还有"官"升脾气长的问题。这些问题体现了人性的弱点，每一个企业都会遇到。要克服这些问题，集中到一点，就是设法提升高层管理人员的素质，告诉他们：人如果满足于好（good），就不愿意再求进步，就不可能伟大或杰出（great）。从这个意义上，"好"是"杰出"的敌人。

你不前进时，世界不会等你。

企业的自我更新的经营之道的一个形象表述是：在顺境中，把玻璃当成一扇窗，总是向外看，把功劳归于时势、环境和他人；在逆境中，把玻璃当成一面镜子，对着镜子反躬自省，自己承担所有的责任。

星云大师：佛陀说："不能忍受讥讽毁谤，如饮甘露者，不能名为有力大人。"所以，在困难、无人喝彩的时候，需要忍耐、需要坚持。但是问题是，一个人忍寒忍热容易，忍贫忍穷、忍饥忍饿也不算困难，忍讥忍谤就需要修行了。

我们要透过生命的力量，发挥"生忍"；我们要用佛法的慈悲喜舍、般若智慧，实践"法忍"；我们要能如如不动、不生不灭，完成"无生法忍"。世间洪水暴风、枪炮子弹都不是最大的力量，最大的力量就是我们的忍。

长乐先生：梁漱溟说，人一辈子就像斗鸡那样需要漫长的修炼：第一阶段，没有什么底气还气势汹汹，像无赖叫嚣的街头小混混；第二阶段，紧张好胜，俨如指点江山，激扬文字的年轻人；第三阶段，虽然好胜的迹象看上去已经全泯，但是眼睛里精气犹存，说明气势未消，容易冲动；到最后，呆头呆脑，不动声色，身怀绝技，秘不示人。这样的鸡踏入战场，才能真正所向披靡。我觉得他的意思就是，人生就是一步步地走，一步步地扔，走的是路，扔的是愚，越走路越长，越走心越静，时刻谦卑，时刻警备。

梁漱溟本人并没有做到这点，他是疾恶如仇的人，我觉得他有这样的文字，也是在不断告诫、鞭策自己。

◎不向如来行处行

星云大师：策略要创新才有效益。既曰"策略"，就不能一直是老套，今天的社会，凡事不断在创新，策略也要创新。巴黎的时装，多少设计师日日苦思，研究创新，所以能风行全世界，受到世界所推崇，成为时尚的指标。

长乐先生：一个好的企业一定是非常强调创新的企业，它必须永远保持时尚性，永远保持它的最大价值，才能历久不衰，日日常新。

近几年，我曾多次造访中国的平遥和美国的纽约。穿行于平遥古城，仰望着享有“中国第一银行”美誉的“日升昌”老字号的牌匾，抚摸着已经变成文物的票号的银窖，回想起纽约证券交易所的摩天大楼和楼内先进快捷的电子设备，心中有一种说不出的味道。

“日升昌”票号成立于1823年，比1817年成立的“纽约证券和交易管理处”仅仅晚六年。它以“汇通天下”而声名远播，年汇兑额可达白银三千八百万两。但是，一百多年后的今天，纽约证券交易所是对世界经济有着重大影响的证券交易所，是“打个喷嚏全球就会感冒”的国际金融中心。而“日升昌”只能成为世界文化遗产中的一个旅游景点，曾经充盈的王者霸气，早已渐行渐远。

中国票号的治商方略大多是“守成求稳”、“持盈保泰”，而现代市场经济是一种信用经济，是为了未来而抵押现在。西方文化中对未来的预期，促使他们狂热地求新求变，而中国商贾在新知识、新技术上总是落在人后。

1871年，上海与伦敦间的海底电缆接通，上海的外国银行在当天上午十一点前即可定出铜钱与洋钱的时价与利息。远在平遥的“日升昌”对这一切茫然无知，很快就在竞争中处于下风。更可叹的是，一些老票号的经理和股东顽固守旧，盲目乐观，对清政府几次邀其组建新式银行的要求加以拒绝，从而失去一次次起死回生的机会，终被淘汰。

事实证明，只有创新文化才能孕育创新事业，创新才是一切发展之本。

星云大师：佛教的复兴也需要不断创新。佛教理论既总归一体，又方便多门；既是不二之道，又是不断发展的。佛教允许创造，鼓励创新，但是反对倒退和歪曲。四圣谛是根本佛法，既是原始佛教的要义，也是后来一切佛法的源泉，千经万论，皆由此生，无量妙义，总归这里。

长乐先生：最可怕的是有的人安于现状，还自我感觉良好。

历史证明，只有2%的企业能做成百年老店。百年老字号里，真正有价值的品牌又是凤毛麟角。真正有价值的百年老店要有品牌的连续性，不断净化，不断创新。

鲁豫访问叶剑英的女儿叶向真时问："好像你过了很多次人生？"

叶向真说："作为我自己肉身来说，无非是我换了多少次衣服。"

星云大师：佛教不仅鼓励人创新，它还鼓励人成佛。佛教讲，世间一切不是一成不变的，是无常的，所以，可能变坏，但也可以变好，当然，我们都希望变得更好。

沩山灵佑禅师门下弟子数百人，其中仰山慧寂、香严智闲最为杰出。有一天，沩山禅师正在小憩，仰山冒冒失失地闯进禅室，沩山听到有人进来，便转身面壁。仰山禅师说："我是您的弟子，老师为何不看我一眼呢？"

沩山闻言动了一下，但没有转身，仰山只好往门口走，却被沩山叫了回来。

沩山禅师说："刚才我做了一个梦。你替我圆圆看。"

仰山禅师就到外面打了一盆水来，沩山禅师接过来，迅速地洗了脸。过一会儿，香严禅师也进来了，沩山禅师对香严说："我刚才做了一个梦，仰山帮我圆梦，他真是个有心人。"

香严禅师说："我在外面，不知里面的事情。"

沩山禅师不放过他，指着他逼问："不管你在里面还是外面，你也来圆圆看。"

香严替沩山禅师端了一碗茶来。沩山禅师很高兴地说："你们两人智慧高超，犹如佛世时的大弟子舍利弗与目犍连。"

"老师，禅也要决胜负吗？"

沩山禅师哈哈大笑："不错！男儿自有冲天志，不向如来行处行。"

所以，佛教的精神是超越一切，超越世间，超越出世间的，大概与奥林匹克的精神比较接近，都是为寻求更高更快更强的目标。"男儿自有冲天志，不向如来行处行。"佛走过的路，我倒不一定要走，但是我要走出自己的道路。因此，我们在现实的处世中，不管从事什么行业，都应该保持活力，要创新就要发心。发心就是开发我们的心田，发心才能达到更高更大更远的境界。飞禽要发心才能飞得更高，轮船要发心才能在大海里面航行，人要发心才会有活力。我想，人生要进步，就是靠意志力，动力就是心轮，就是生命的活水。

我激发自己活力的办法就是勤劳、忍耐、发心。这个世界没有免费的午餐，都是一分耕耘一分收获，人人若能落实佛光会所提倡的，身做好事，口说好话，心存好念——"三好运动"，就是真善美的世界了。

◎不放弃

长乐先生：创造力不是什么超然能力，有时候就是一种精神状态。把一些听起来如天方夜谭一样的事办成漂漂亮亮的事，是创造力的另一种境界。

大师坐在北京奥运的开幕式上观看美丽的表演时，也许不会想到，六年前我们直播申奥决战前的一场艰难奋战。当时，我们计划与北京电视台合作进行直播，北京台准备很充分，我们心情很轻松。但距离宣布结果只有一天半的时候，我们被告知，如果要直播，必须另起炉灶。我当时就晕了。在一个语言不通、办事效率很低的城市，我们一无场地、二无设备，只有陈鲁豫、窦文涛、周星驰、李汶四个主持人和七八个制作人员。

在别人看来，我们只剩下放弃这一条路了。但是，在我看来，我们还有另一条路，就是用速度拉长时间。如果按实际天数算，我们只有一天半时间，如果按 8 小时一个工作日算，我们不吃不喝不睡觉，就有 4.5 个工作日。我们选择了行动。大家连夜准备，我也拉上刚刚认识的俄国司机当翻译，亲自去选直播地点。最后，我选中了红场边上的俄罗斯大饭店顶层餐厅。上去一问，人家开了一个天价。我急中生智，派俄国司机跟他们套近乎，一万美元当场搞定。

俄罗斯人没有收到任何官方通知，所以并不相信我们这帮地底下冒出来的中国人，他们不配合工作，却一个劲儿地问，钱什么时候付？在他们警惕的目光监视下，我们像变魔术一样，搭起了演播台，俄罗斯电影厂的转播车开过来了,摄像的大摇臂也“轰轰隆隆”运到了。俄罗斯的东西笨，夸张一点说，他们的摇臂比我们这边盖楼的小塔吊小不了多少。一万美元也在最短的时间内打到了饭店的账上……这时候，饭店的人态度大变，要什么给什么，十分配合，也许是我们的拼命劲头感染了他们吧。

直播那天早晨，当鲁豫、文涛、李汶、周星驰坐在主播台前，他们发现这儿竟是一个极好的直播现场：透过身后的宽大的玻璃窗，克里姆林宫一览无余，朝阳下的莫斯科河泛着耀眼的银光。在中国申奥成功的那一刹那，36 小时没合眼的工作人员抱在一起又蹦又跳，然后失声痛哭。据说，现场的俄罗斯人拣到了几只中国人丢下的鞋，忙着失物招领。

星云大师：坚持，是一种力量，是一种慈悲，是一种智慧，更是一种艺术。不放弃，意味着接受，担当，是负责，是处理，是化解，是承担。正如孟子说：“天将降大任于是人也，必先苦其心志，劳其筋骨，饿其体肤，空乏其身，行拂乱其所为，所以动心忍性，曾益其所不能。”这就是真正的大勇大力。所以我要说，一个人忍耐多大，力量就有多大；一个人承担多少，成果就有多少。

长乐先生：真正的大勇，就是碰到挫折时表现出来的勇气。谁都经历过挫折，我也一样。在碰到挫折的时候，要有勇气，要相信自己，任何人都不要看轻自己，能力是靠挫折“炼”成的。

我命在我，成事在人。大事难事看担当，逆境顺境看襟度。梦，一定是天马行空，但决不能空浮缥缈。谁有选择，谁就有痛苦。没有永远的舍，也没有永远的得。

◎我命在我

星云大师：人一生的境遇，往往由于各种因素而改变。有的人由于一个人而改变命运；有的人为了一块钱而生命改观；有的人由于一件事而走出截然不同的人生；甚至为了一句话、一个念头，使人生有天壤之别的变化。转变我们人生的这些因素，本身虽然至为细微，但是影响力却非常巨大，好比将一粒小沙石投掷江海中，虽小却能震动整个江面，泛起阵阵涟漪。所以，一个人或一个念头，会产生种种千差万别的命运。

我个人之安身立命于佛教，受惠于一件事，至今思及，感恩之情充塞胸臆，弥笃弥新！我从小生长在寺庙，过的是物质欠缺的清苦生活，十七八岁的时候，一向健康的身体突然害了一场大病，上吐下泻，几乎濒临死亡，一二个月粒米未进，而且也没有东西可以果腹。不知怎么的，这件事辗转被家师知道了，老远地派人送来了半碗的咸菜。半碗咸菜对于丰衣足食的现代人，也许没有什么稀奇，但是对于当时寅吃卯粮的我们，堪比珍馐美味。

记得我当时是怀着感恩的心情，和着眼泪吃下了这碗咸菜，吞下了家师那无言的关怀和爱护，心中生起愿力："师父！我将来一定要从事弘法利生的工作，光大佛教，来报答您的恩惠。"半碗咸菜给我很大的力量，使我对于往后一切的磨难，都能甘之如饴，深深植根于佛教。

我以为，多少的禅师由于花开花谢而参透禅机，多少的释子因为日出月现而了然于心，多少的云水僧看到青山清溪而灭却心火。在人的一生之中，对于某一件事，如果能够用心留意，人生可能因此而别有一番境地。

长乐先生：生命中许多的问题，有的可能原本就没有答案；有的原本有答案，却没有被人可以找到。但是，只要有向前的愿望，人生的境界就会为之展开。

我刚开始也没有明确的人生目标。当过知青，当过工人，当过士兵，当过记者，下过海——在所有的经历中，我始终难以忘情的只有媒体这个行当。可以说，我是先学会写诗，再学会做生意的。

在商业上取得一些成就后，兴趣把我引回媒体这个行业。创办凤凰卫视源于我的小小发心："在英语一统天下的世界媒体格局中打造出一片华语的天空。"

我说过，人生一定要有梦："所谓梦，一定不能是现实的翻版，它天马行空，但决不空浮缥缈；它鸟语花香，但也会有刀光剑影……我的责任，就是向一切有识之士提供一个做梦的舞台，一个造梦的空间。"

我们不停地向前走，终于找准了"向世界发出华人的声音"这个远大目标。

星云大师："人间佛教"也是讲要关心社会，面向大众。因为只有关心社会才能普度众生；关心社会，才能将佛法融入人间。弘扬人间佛教，一定要走向人间化、生活化、现代化、社会化、大众化、艺文化、事业化、制度化，甚至走向国际化、未来化。

长乐先生：其实大师也是某种意义上的大企业家、事业家。佛光山有各种机构数百个（可以视为分公司），遍布全球五大洲，出家僧众和义工数万（可以视为雇员），信徒几百万（可以视为顾客或关联企业），某种程度上确已为一家跨国集团公司。而您，无疑就是这家 NGO 性质跨国企业的董事长（国际佛光会也确实是华人世界第一大 NGO 组织，在全世界的规模，也仅落后于扶轮社、狮子会等，位列第四，是第一家获得联合国非政府组织咨询顾问身份的佛教团体）。

星云大师：不敢。我仅仅“弘法是家务，利生为事业”。1949 年，我来到台湾，落脚在中坜圆光寺。在宜兰山城雷音寺用十二年时间先后成立了念佛会、学生会、青年会，成立台湾第一支佛教歌咏队，设立作文班，创立儿童星期学校、弘法团等组织，主编《人生》、《今日佛教》、《觉世》等刊物。我的第一代优秀弟子几乎都是宜兰人。没有宜兰雷音寺，就没有佛光山。

后来，我又在高雄建立了佛教堂、佛教文化服务处，在寿山公园内建立了寿山寺，并从 1964 年起在寿山寺内创设了寿山佛学院，以培养新一代佛门弟子。由于到寿山佛学院求学者太多，小小寺院难以容纳，需要创建一座大规模的寺院，所以从 1967 年起，我又筹创了佛光山。

长乐先生：德国人有一句谚语：谁有选择，谁就有痛苦。大师在弘法的路上一定有许多的岔路口，面临着各种各样的诱惑和选择，也肯定是历经艰辛的。

星云大师：大事难事看担当。面临大事或难事，有人选择逃避或退缩，有勇气的人则选择面对。《三国演义》中曾描述鲁肃向孙权献计，设宴向关羽索回荆州。关云长在众人劝阻下，还是单刀赴会，却于宴后佯装醉酒，拉着鲁肃说：“您今天请客，莫提起荆州之事。我醉了，怕伤故旧之情。改天请您到荆州作客，再作商议。”单刀赴会，是勇；借酒脱身，是谋，关云长有勇有谋的担当正是勇者的气度。

逆境顺境看襟度。人生在世，不可能一辈子处于顺境，也不会一辈子遭遇逆境。有些人在生活顺遂时，不知养深积厚、未雨绸缪，等到逆境来时，又只会怨天尤人。其实，所谓"逆境来时顺境因"，处于逆境，正好韬光养晦，充实自己。处于顺境时，则应谦冲为怀，时存感恩，积福保福。看一个人对顺、逆境的反应，就可以看出他的胸襟和气度。

故此，宽大的胸襟，深厚的涵养，勇于担当的气度，方能作出正确的人生选择，坚持到底，成功也就不远了。我命在我，成事在人。

◎人该不该有欲望

长乐先生：人有难舍之事，有抉择之难，多半是因为欲望。大师觉得人应该怎样面对自身的欲望?

星云大师：人必然有欲望，但是欲望也有种类的不同，一种是人我的欲望，是烦恼的；一种是善法的欲望，是好的。比如我要读书、要升官、要生活、要发财、要谈恋爱、要服务、要对人好……这都是很正常的欲望，是善法欲。就是我要有道德，我要有人格，我要广结善缘，我希望大家对我赞美，这也是好的欲望。

不过，人我的欲望，自私、个人享乐，或者以侵害别人为乐趣的欲望要减少。要把欲望分开，善法的欲望多多益善，人我的欲望要尽量减少。

总之，只要不侵犯别人，不要让别人受苦，不损人利己，发财也不是错误，升官也是很自然的希望。

长乐先生：欲望和志向可能联系在一起，大师的阐释非常精辟，好的欲望和坏的欲望要区分开。我们一些年轻的主持人、记者希望一夜成名、一鸣惊人，有的经过努力，实现了明星梦，有些人尝试之后失败了，改行了。这些都是非常重要的过程。有好的欲望，却因为能力或机缘没有达成，我们可以享受这个过程。过程就是生活，就是修行。

“活过，爱过，写过”，这是司汤达的墓志铭。对于爱情的渴望，对于知识的寻求，对于人类苦难痛彻肺腑的怜悯，这已经足够。

星云大师：欲望有的是能到达的；有的是幻想、是空的，是不能到达的。老是妄想，想不到，也就要烦恼了。所以，我们要实事求是，过实践的生活，我的能量有多少，该拥有多少就拥有多少，超越了，也就要起烦恼，所以要学会量力而行。

长乐先生：关于欲望和平常心的平衡点，我们怎么去把握？我引用佛陀的话：“佛在哪里？佛在法中。法在哪里？法在佛中，法在当下。”活在当下，这非常重要。平常心和立志什么关系？怎么样把平常心的观点和立志，和你的事业结合起来？就是活在当下，你有那么远大的志向是一方面，更重要的是办当下的事。

星云大师：我们所执著的人我是非，我们所懊恼的侮辱毁谤，在禅者悟道的胸襟里，不过是一场人间儿戏罢了。

◎习惯控制命运

星云大师：每一个人都有不同于别人的人生境遇，有时候看到别人的飞黄腾达，想想自己的不如意，就慨叹起：“时也、运也、命也。”感伤自己命运的乖舛，更甚者就怨天尤人，埋怨老天爷捉弄命运。其实我们的命运并不是别人所能控制的，控制我们命运的力量究竟是什么呢？那就是我们自己！

佛教说，烦恼难断，而去除习气更难。坏的习惯不但使我们终生受患无穷，并且累劫贻害不尽。习惯会左右我们的一生，习惯成自然，变成根深蒂固的习气，即成为修正菩提的障碍。譬如一个人脾气暴躁，恶口骂人，久而久之，习以为常，就没有人缘，做事也就得不到帮助，成功的希望自然减少了。有的人养成吃喝嫖赌的恶习，倾家荡产、妻离子散，把幸福人生断送在自己的手中。更有一些人招摇撞骗，弃信背义，结果虽然骗得一时的享受，却把自己孤绝于众人之外，让大家对他失去了信心。

现在有些不良的青少年，虽然家境颇为富裕，却染上坏习惯，以偷窃为乐趣，进而做出杀人抢劫的恶事，不但伤害了别人的幸福，也毁了自己的前程。坏习惯如同麻醉药，在不知不觉中会腐蚀我们的性灵，蚕食我们的生命，毁灭我们的幸福，怎么能够不戒慎恐惧！

长乐先生：人的习气不容易更改。就好像戒烟，世界上完全依靠自己的意志力成功戒烟的不到3%。如何去除坏习惯？需要意志力，或者说，需要一个坚定的目标。

现代人的无聊、厌世、缺少激情，其病根，大都在于目的的丧失。有了强烈的目的，任何坏习惯都能克服。

星云大师：怎么去除坏习惯？应该用观照力去除坏习惯。我童年出家时，每当不会背书或做错一点事，就会被罚跪香或拜佛。当时心想：拜佛不是很神圣的事吗？为什么会是处罚呢？以后大家不是都不爱拜佛了吗？后来，我建立佛光山，创设沙弥学园，因为沙弥年纪小，顽皮捣蛋，纠察老师罚他们跪香拜佛。我知道后，连说："不可！不可！"老师问："不然，要如何处理呢？"我说："罚他们睡觉，不准拜佛，尤其不准他们参加早晚课诵。""那不是正中了他们的心意吗？如果这样做，他们岂不是变得越来越没有道气了吗？"我说："不会的，因为孩子们虽然睡在床上，但钟鼓梵呗声却历历入耳，哪里会睡得着？何况当他们看到同学们都可以上殿，而自己却不能参加，他们心里会了解：睡觉是被处罚的，拜佛是光荣无比的。他们自然就会升起惭愧心，改过迁善。所以，教人，先要从人情上着手，才能再进一步谈到法情；先要去尊重他们，才能培养他们的荣誉感。”这个方法实行了半年后，沙弥们果真变得自动自发。

重复的举止，会变成习惯；定型的习惯，会变成个性；

个性的所向，会决定命运；命运的好坏，会决定一生。

◎创新，就是一种“敢”的精神

长乐先生：《论语》说，子路夜里住在石门，看门的人问：“从哪里来？”“从孔子那里来。”看门的人问：“是那个明知做不到却还要去做的人吗？”

知其不可而为之，是做人的道理。人是要有一点精神的，瀑布是江河走投无路时创造的奇迹，云彩是水被蒸发后爬升的高度，明知不可为而为之，置于死地而后生。

星云大师：“知其不可为而为之”是儒家最重要的精神之一。其实，“不可为”不仅仅是个人以为的“不可为”，还可能正是“可为”。过去，我初入佛学院时，偶尔也会到禅堂参禅，堂主明度禅师曾说：“真正会听的人，要听无声之声；真正会看的人，要看心内的世界。”人的愚昧往往是相信你眼睛所看到的色相，而不是用心去看问题。

海伦·凯勒眼盲心不盲，而能成为伟大的教育家；贝多芬耳聋心不聋，而能创造出悦人的音乐；德山宣鉴因龙潭崇信的熄灭灯火，而能明心见性；五千菩萨因维摩居士的默然无语，而得无生法忍。我自愧德薄慧浅，不能有如许成就，但是我由衷感谢佛教让我认识了无声无相无言的妙谛，使我终日为众生服务，而生活在“苦不感到苦，忙不觉得忙”的禅悦里。禅者说：“任性逍遥，随缘放旷，但尽凡心，不求圣解。”这也是“知其不可为而为之”的另一种解释吧。

长乐先生：有一句古老的波斯谚语能验证大师的观点：“当一个人不得不跳过一条河时，如果他知道河有多宽，他不会跳；如果他不知道河有多宽，他会跳过去，而且十之八九他会成功。”

肉眼看假，慧眼观空，法眼见中，有如鹤立雪中，愚者看鹤，聪者观雪，智者见白。命运只负责洗牌，怎么玩儿还是看你自己的。

以出世的精神做入世的事情，其中一个境界就是看山不是山。看山是山，看水是水，这是简单的入世；然后看山不是山，看水不是水，这是出世；再入世的时候是再看山还是山，看水还是水。这三个境界是蛮有味道的，它就等于你已经荡涤心灵以后，然后用另外一种几乎是透视的观点去看待山和水，那就是通达了。

世界上什么事情最难？超越自己最难。世界上什么东西最可怕？自身的思维惰性最可怕。人们习惯于把非同寻常的事物称为“另类”。另类是激进的、尖锐的、奇特和令人不安的，而另一方面，它又是充满活力、不受任何约束和出人意料的。我们要敢于做一些想都不敢想的事情，特别强调“另类”，我要求凤凰的带头人首先是“另类”的人，创造的人。

星云大师：创新，实则就是一种“敢”的精神。人要冒险，要敢于牺牲、奉献、奋进，菩萨第一义就是大勇敢、大慈悲、大智慧，如果这三样东西，缺少一样，怎么能当菩萨呢？

我不但从小“敢”向家族的压力挑战，“敢”于和陈腐的思想奋斗，而且“敢”于出生入死，“敢”于见义勇为。抗日战争期间，烽火连天，老弱妇孺吓得躲在家里，不敢出来，我却经常在枪林弹雨中收拾死尸，挖土掩埋安葬，并且救助伤兵，托人运回后方。听说左邻右舍没有米粮，我不顾江水滔滔，枪声四起，潜入运河，游到对岸，搬回几天的柴米油盐，解决大家的民生问题。看到母亲思夫心切，我收拾行囊，携母寻父，一路上漂血成河、骸骨遍野，令人惊心动魄。乡人都夸母亲生了一个勇敢的孩子，其实，说来惭愧，我只不过是“初生之犊不畏虎”罢了。但这也说明了“敢”，很重要！

“敢”，是发心，也是担当；“敢”，是勇气，也是智慧……回想我这一生中有好几个转折点，也都是在“敢”作“敢”为之下，化危为安，渐入佳境。开辟佛光山时，很多人看到这块偏处一隅的荒山野地，纷纷却步退心，我不为动摇。四十年来，“敢”和洪水飓风搏斗，一次又一次重拾砖瓦，再建家园；“敢”在是非批评中生存度日，以事实瓦解有心人士的毁谤。

所以，我们不但要“敢”于勇猛向前，“敢”于展开新局，也要“敢”于除旧布新。这样的人生选择，不是匹夫之勇，不是争强斗胜，而是大愿力的实践，大慈悲的示现，大无私的奉献，大格局的开展。

长乐先生：大师说得真好！一位西方作家曾这样写道：“大部分普通人都生活在自己的茧壳里，就如同蜜蜂生活在蜂巢里。”环顾我们的周围，大多数人安于现状，只有少数人敢于打破茧壳。而成功者往往就是这样“敢”于创新的先行者！

星云大师：有人问我，人在不同的年龄阶段对于抉择的态度或许会不同，在平稳和冒险之间，我们应该怀着怎样的心态去作抉择？我毫不犹豫地回答：要“敢”，“敢”的精神是更可贵的。我现在八十多岁，若要我在冒险和安稳中进行选择，我还是会怀着“敢”的精神去选择。

“敢”，是人一生都需要的勇气。人生难免会受委屈，举凡达不到目的，或者在政治上、在经济上没有力量；我想说话，人家不让我说；我想做事，人家不准我做，等等。虽然如此，人要相信自己总有一天会成功，要想未来就是希望。人要活在希望里，每个人对未来的希望不可以减少，要勇敢地相信：希望就在前面，我即将达到目标。有希望就有力量！

◎“有”和“无”

星云大师：一个旅行的人错过了旅店，只好寄住在土地庙的神龛下面。哪知道，不一会儿，一个小鬼背了一具尸体，也来到里面休息。神龛下面的人想，糟糕，遇见鬼了！正在紧张的时候，有个高大的鬼也来了，这个人更恐惧了。一个鬼就令人害怕了，还一下来了两个鬼，而且这两个鬼竟然吵起架来。

大鬼责问小鬼：“你把我的尸体抱来干什么？”小鬼说：“这是我的尸体啊。”两个人都说那是自己的尸体。这个人在神龛下面听见他们的对话，吓得直发抖。

这时，小鬼不经意一看，“咦！这里还有一个人呢，出来，出来，不要怕，你说一句公道话，这具尸体是谁的？”

这个人想：“我如果说是小鬼的，大鬼不会饶过我；我如果说是大鬼的，那是伪证，会有罪过，看起来今天难逃劫数了。”于是他就很勇敢地说：“尸体是小鬼的。”

大鬼不服气，就把这个人的膀子给掰下来，咯吱咯吱地吃了。这个小鬼一看，哎哟，这个人说了一句公道话，膀子竟给大鬼吃了。不要紧，从尸体上掰一个膀子给他接起来。

大鬼一看，你接这个膀子，我就再吃另一个膀子。最后大鬼又把那一个膀子吃了。总之，这个人的手和脚都给大鬼吃了，而小鬼也一一把这个人的身体又都接好了。

两个鬼斗来斗去，最后呼啸而去，留下这个人，就生起了一个严重的问题：“我是谁？我是张三，住在香港湾仔，但是现在我又是谁呢？我还是不是湾仔的张三呢？”之后他悟出了一个道理，身体是我，身体之外也有个我，如果我们能把身体以外的我也找到，就不会痛苦了，就“照见五蕴皆空”了。

长乐先生："有"和"无"的关系是一个很深奥的话题。达摩大师到中国，去看梁武帝。人称"佛心天子"的梁武帝一见面就居高临下地考问达摩："什么是佛教最重要的真理呢？"达摩说："在虚空一样辽阔无边的大悟之境地，没有圣人凡人之分。"梁武帝对这个眼中无"圣"的人很不爽，语带讥讽地问："那么我这个皇帝面前的人又是谁呢？"意思是说，大家都说你是圣人，如果无圣，你又是谁呢？达摩绵里藏针地说："不知道。"达摩像个善舞太阿剑的能手，轻轻一挥，就把人心中凡俗葛藤齐根斩断，带你进入一个新境地。可惜，梁武帝的智力不能领悟"有"与"无"的真义，悻悻地起身走了，而达摩也认为这个皇帝距离开悟还很遥远，就踏着一根芦苇渡江到魏国去了。

世人应该甩开尘世的分别、成心，了然"有"之后的"无"，还需要好好地修好这颗心。

星云大师：人，往往只看到别人，看不到自己；看到表面，看不到内心。由于自他的"观照"不够，无法明白真相，因此烦恼丛生。假如我们懂得"观照"自己，常常自我反省，明白我与社会人间的关系，就能自我健全。

◎积极的人生、退后的人生，都是人生

星云大师：让我来讲一个故事跟大家结缘。

有一个人到布店里买布，向老板问道："一尺布多少钱？"老板说："三块。"他说："我买八尺。"老板说："三八二十四块，付钱。"买布的人说："三八二十三，怎么会二十四呢？"店老板说："三八二十四，这个常识，很多人都懂的，你怎么说是二十三呢？"两个人就为了到底是二十三还是二十四吵起架来了。

颜回从此地经过，一听到这事，就说："喂！三八二十四，怎么是二十三呢？"这个买布的人说："你是何方人士，来这里干什么，讲这个废话！"颜回说："我是孔子的弟子，我的老师教我们圣贤之道，三八二十四我怎么会不懂？""那我跟你去问孔子，三八究竟是二十三还是二十四？"颜回说："好，问孔子。不然我们再来打个赌，我老师假如说三八二十四，怎么说？"他说："你老师如果说三八二十四，我把头给你。假如你的老师说三八二十三，你怎么办？"颜回想想："这个小事不值得赌个头嘛，我把帽子给你。"

两个人就去问孔子，孔子听了以后，想了一下，说："颜回，你输了，帽子给他。"颜回一听："老师，你认为三八是二十三吗？"孔子说："是二十三。"颜回没有反对过老师，就把帽子给了那个人，但是他心里不服气："老师老昏头了，你怎么连三八二十四都不知道呢？"

事后，他越想越不服气，又再来问孔子："老师，请教您，三八究竟是二十三还是二十四？"

孔子就说："颜回，头重要还是帽子重要？我们不能为了输一顶帽子，就要跟人家赢个头耶！"

所以，在积极的人生之外，也要有退步的人生。我认为孔子的说辞是适合人性的。三八是二十三还是二十四那个不重要，重要的是生命。这也说明了慈悲是很高层次的圣人的心，是最宝贵的人生内涵。

这，大概是最宝贵的。

长乐先生：有人问我："你更推崇哪种人生态度？是积极进取，不达到目的誓不罢休；还是退一步海阔天空？"我引用大师讲过的一句话："手把青秧插野田，低头便见水中天。心底清净方为道，退步原来是向前。"进取和"退步是向前"并不矛盾，"退后一步是向前"也是向前，人活着是为了前进不是倒退。总的来说，人向上走，向前走是一个基本取向。

◎舍得四问

长乐先生：一问大师，人生从小到大有很多关口，从上学到就业到结婚，面对这些关口的时候我们要作出选择，选择就意味着我们要舍弃一些东西，我们取舍的原则是什么？

星云大师：学佛的人都知道，修行就是修“身、口、意”三业清净，不过这是佛教的专门术语，最近我们国际佛光会依“身、口、意”提倡：身做好事；口说好话；心存好念——“三好运动”。

其实，口说好话，就是真；身做好事，就是善；心存好意，就是美。把“身、口、意”做成“真、善、美”，也就是有道德。

过去纣王、幽王虽是帝王，但是骂名千古，为什么？因为他没有道德。但是像史可法、岳飞、文天祥，乃至过去的伯夷、叔齐饿死在首阳山，人家都要赞美他，为什么？因为他有道德。道德能流芳千古，不道德则遗臭万年。因此，人要像个人，就要有道德，要往道德集中、靠拢、表现。

长乐先生：我们在作出人生选择，在决定舍弃一些东西的时候应该依靠道德作判断。

星云大师：要有道德心，要以道德作为标准。正是：宁可守道贫贱而死，不可无道富贵而生；宁可持戒进德而死，不可失戒显达而活。

有道、无道，有法、无法，是为君子、小人之别也。

长乐先生：也有人问我，如果让我舍弃身边的所有，只留下一件东西，我会选择什么？

有人觉得凤凰的运作太保守了，没有去炒股票，也没有去搞路演，好像不太会谋财，这和我本人是有关系的。从某种意义上来讲，我把钱看得比较淡，把事业看得很重。我举一个例子：2009 年 10 月两岸故宫共同举办“雍正——清世宗文物大展”时，台湾方面经费比较紧张，我们毫不犹豫捐赠了一千五百万台币，促成了这件事。事后，我们也没有报道和声张。为什么？因为两岸故宫联展的意义比区区一千五百万台币重大多了。所以，我愿意“取”有意义的事业而“舍”金钱。

我们有个读书节目叫《开卷八分钟》，在相当长的时间里没有广告，但我们还是坚持做，为什么？因为我觉得，我们的人生得益于知识，现在有能力了，就要成为知识的传播者，做法布施。布施分为财布施、法布施、无为布施。法布施就是我们用手中的传媒去做布施，向观众传播知识。在电视媚俗的大环境下，我们舍弃挣钱的机会，坚持做高端的文化品牌，就是为了开启民智，丰富心灵。

奇妙的是，我发现做有意义的事业也能赢得金钱。比如《开卷八分钟》后来有了广告，得到了很好的回报。有时候，为得到金钱而做，你可能离金钱越远；专注于事，金钱只是附加的结果。

我也想请教星云大师，如果让您舍弃身边的所有获取一件东西，这件东西会是什么？

星云大师：一个人从学龄开始就要学习布施，布施不仅仅是捐钱。对人微笑、给人欢喜、说好话，也是布施。我舍一些时间、舍一些力量去帮助别人，也都是布施。

我在 20 岁的时候，把所有的东西给了人，一切重新开始，从此我什么都没有了，靠着自己慢慢成就。25 岁的时候，我也有一次放弃所有，从头开始的经验。经过这两次以后，感觉到自己已经能够做到舍。舍不是没有，所谓“舍得、舍得”，有舍就有得。你问我，舍去了什么东西，又保留下了什么？我会说，留下的是慈悲。世间上，即使一切东西统统随着流水而去了，而我内心慈悲的念头，慈悲的心，也要让它永远保留。

长乐先生：三问大师：人生中有些东西我们不能选择，比如出身、父母、环境，很多人为此不平，我们应该怎么看待这些不能选择的东西?

星云大师：空茶杯才能装茶。

长乐先生：四问大师：人为何一定要舍弃一些东西？世间有十全十美之法吗?

星云大师：舍得，舍得，有舍才有得。没有永远的舍，也没有永远的得。

栽在盆里的昙花说："永恒啊！你在哪里？"

"你在叫我吗？"

"刹那"回答，"我本名叫刹那，不过人们老爱说我是永恒。"

笃学

不识贤愚是眼浊，不读诗书是口浊。有播种,才会有收成。成功的人生从做“书生”开始。最可怜的人是与书无缘的人，最可怕的人是会识字的现代文盲。一个“书香社会”，是一个“开放的社会”,一个“开放的社会”，是一个“有竞争力的社会”。

◎与书无缘最可怜

星云大师：人生的终点，不是死亡，而是与好书绝缘的那一刻；人生的起点，不是诞生，而是与好书结缘的那一刻。我和台湾天下远见文化事业群总裁高希均教授结交将近三十年，最初只是彼此交换对社会的意见、看法，后来经常来往，经常在台北道场一谈数小时，谈的都不是信仰，而是关心社会。他也经常到佛光山讲演，应邀为“人间佛教读书会”上课。他认为对个人的成长、对社会的成熟，阅读是一条必经之路，主张“自己再忙也要读书，收入再少也要买书，住处再挤也要藏书，交情再浅也要送书”。他认为“最庸俗的人是不送书的人，最吝啬的人是不买书的人，最可怜的人是与书无缘的人”。

高教授有本书叫《阅读救自己》，鼓励大家培养“终身学习”的好习惯，因为一个“书香社会”，会是一个“开放的社会”；而一个“开放的社会”,更将会是一个“有竞争力的社会”。他最有名的几句话都与读书有关，叫做“做个高附加价值的现代人”，“读一流书、做一流人、建一流社会”，“书柜代替酒柜、书桌代替牌桌”。

长乐先生：心态有多开放，就能汲取多少能量。

我与书结缘很早。我伯父是村里教私塾的老师，算是当地一个小小的文化人，家里有一些藏书。我在他那里读了人生第一本书，那是一本小说。后来我又渐渐喜欢上散文。我听说犹太人在孩子很小的时候，会把蜂蜜滴在《圣经》上，然后让孩子用小手翻书，孩子不经意间把手放在嘴里，会感到书的甜味，在幼小的心灵中对书本留下终生难忘的美好印象。这是一种很甜蜜的引导，但我还是庆幸自己读书是从自觉自愿开始的，所以一生对书没有抵触情绪，反而越看越热爱。

星云大师：从小说入手读书是不错的开始，我与书结缘是经历了些波折的。我幼年上私塾读《四书》靠死背，读佛学也是死记，读不出趣味来，自觉不是读书的材料和种子。后来为了克服心理的障碍，把读书的兴趣和范围逐渐增广：从家乡扬州七言俚语的小说到历史故事，从外国名著到中国新文学运动的作品，才慢慢引发读书的趣味。

我十五岁那年，因为受戒时烧戒疤，把头盖骨给烧得陷了下去。之后我忽然好像失去记忆的能力，读《古文观止》、《四书读本》，怎么念就是背不起来，并不是我不用功，而是任我怎么努力念诵，就是没有记忆力。

因为无法背书，被教我们的教务主任觉民法师罚跪、打手心，这是常有的事。有一天，我又再次为了不会背书而挨打，觉民法师一面打，一面骂："你真笨哦！你要多拜观世音菩萨，祈求聪明智慧哦！"真奇怪，那个时候不管老师怎么打手心，我竟然一点痛的感觉都没有，只觉心中好像忽然亮起了一盏明灯："哦，原来拜观世音菩萨就可以有聪明智慧，我有希望了！我有希望了！"

很幸运的是，就在这个时候，学院派我管理图书馆，那是原本栖霞师范学校所有，因为他们随军队撤退到后方重庆，所以所有的书都留给栖霞佛学院。这么多书，该看哪一本，刚开始我也不懂，不过我很留心注意，看看哪些书经常被老师、学长借出去，等他们还回来，我就拿来看。当中，尤其乡村师范学校的活页文选，以及各种文艺小说，对我帮助最大。

坦白说，我一生经历的各种苦行修行，虽然都能接受，但并不是太喜欢，可是阅读小说，我真是兴味盎然，乐趣无穷。那个时候，举凡《三国演义》、《水浒传》、《七侠五义》、《小五义》、《封神榜》、《荡寇志》等，几乎看过一遍就能记忆。所以多年以后，偶尔和徒众小参，我就跟大家讲："我说一段《三国演义》给你们听。"于是我把"诸葛亮借东风"、"曹孟德败走华容道"等精彩的情节说上一段，因为我念的都是书中的原句，弟子们也都听得目瞪口呆。后来，从短篇小说到长篇小说，从历史小说到言情小说，从外国小说到中国小说，从古典小说到现代小说，各种小说无所不看，无所不读。在时间的更替中，慢慢培养我读书的乐趣。那时候读书，最恐慌的是把书看完了，下面不知如何去连接。尤其看武侠小说，每当阅读到"请看下回分解"时，总想一口气看出个究竟来，自己的心也被书中的情节所左右。

长乐先生：上小学的时候，有个同学的父亲与当代的许多大作家有来往，他家里《红旗谱》、《创业史》这样的书，都有作家的亲笔签名，我经常跑到他家借书看。四年级的时候，我看到一本《世界名著一百例》，介绍了四十部中国名著，六十部外国名著。我就按图索骥，找这一百本书来读，到了中学二年级就全部读完了。结果小小年纪我就戴了眼镜，是在北京西单眼镜店配的，一百五十度。我爸爸告诉我："你要少看一点书，不要太贪了。"但是我没听，还是死命读书，结果现在眼镜六百多度还有散光了，这也算是嗜书如命的代价吧。

"文革"的时候，又听说毛主席推荐了一百本世界名著，里面有很多人物传记，我和小伙伴们就拿着单子去找书：一方面是在各自的家里找，一方面是发动我们院的小孩用各种关系去找书。那时候能找到的书不多，都被烧了，我们就去图书馆偷书。那时图书馆都关了，还被砸得一团糟，连窗户都碎了。我就和几个朋友半夜拿着书单子，嘴里叼着手电去偷书，想要的书多到背不动。我们用鲁迅的话自我安慰，读书人偷书，那不叫偷，叫窃。还说，我们不偷将来也会被烧掉。依稀记得当时拿的全是世界名著，中国的和俄罗斯的居多，因此高尔基的书我看得相当全。

后来我接触比较多的是法国文学，包括雨果、巴尔扎克、司汤达、莫泊桑、佐拉……几乎中国在“文革”以前出版过的他们的书我都看完了，不仅仅局限于推荐的一百本了。比如佐拉，我不仅看了大家比较熟知的《娜娜》，还触类旁通找了《矿灯》、《劳动》来看。英国小说我不是特别喜欢，但是也看了很多，尤其是侦探小说。

比较有幸的是我当时还读到一些内部书。“文革”的时候全国各地有内部书店，专为“高干”和一些有特殊需求的专家订书，北京的内部书店在长椿街。这种书店卖的书没有任何装祯，一个单色的封面写着书名，单调而干净。我看过的内部书有《回忆录》、《秘密战》、《第一次世界大战》等，有些优秀的传记让我感动得落泪。

那时候，我们同学和朋友中，谁家有了内部读物，都是争相传看，经常悄悄聚在一起讲书上看来的故事，如果这故事别人不知道，就会被羡慕被崇拜。我的故事是最多的，理所当然成了这个兴趣圈子“头儿”。也就是说，在最阴暗的时期，在前途最渺茫的时候，读书仍是我从未放弃的追求。

◎学习做圣贤与天命无关

星云大师：躲在棉被里偷偷看书的岁月，让我明白到“做人要从读书开始”。所谓“人不学不知义”，不读书就不能明白道理，不明白道理就不能做一个好人，所以人人要读书，这个社会、国家必定有所作为，进而从读书中“读做一个人、读明一点理、读悟一点缘、读懂一颗心”。

人生不同的阶段喜欢读的书不同。到中年的时候，我主要读佛书，就是《华严经》、《法华经》、《维摩经》等。这些经书甚至超越现在的管理学，像《观音经》——《观世音菩萨普门品》，读了以后，就会知道它其实就是一部“管理学”。怎么样管理别人？你先要救苦救难，要先帮助他解决问题，要对他信赖，要对他照顾。要想人家为我们做事，就要先真心待他。

在《阿弥陀经》里，阿弥陀佛把社会建设成一个安和乐利的世界，所谓“极乐净土”。他把每一个人教育成诸上善人，社会上没有经济的困扰，没有人我的斗争，没有是非的陷害，大家都过着清净、安乐的生活。所以，今天各行各业应该像阿弥陀佛，甚至像地藏菩萨管理地狱，像维摩居士管理妻妾家人一样，来管理员工、管理事业，那么人人受到好的调教，就能气质不凡，道德增上。

长乐先生：也许人的聪明是可以遗传的，但是知识与智慧是绝对不会遗传的。文明传承最主要的手段之一就是读书，而读书人则必定是社会的中坚力量。

一个很著名的例子就是晚清时期的曾国藩集团。晚清中兴三名臣曾国藩、胡林翼、左宗棠都是书生，他们统领的湘军干部中，书生的比例占到59%。三名臣都是四十多岁才出山掌权带兵，从未打过仗，但是，他们一旦站上相应的高度，立刻大放异彩，在指挥才能和带兵手段上，都远远超过了同时代的职业军人，在朝廷无人可用的危难之时，挽狂澜于既倒，成为稳定政局的中流砥柱。

曾国藩的天资应该说只是中人之资，身体不好，待人拙诚，做事有畏首畏尾的毛病；在理学造诣上，梁启超说他不可能有很高的建树；在军事指挥上，他缺乏在第一线指挥的才能，一生中指挥的战斗都以失败告终，但曾国藩却以“立德、立言、立功”而誉满天下。这是为什么呢？他的秘籍就是书，他认为一切学问“论其原皆圣道所存”，必须向故纸堆中讨药方，通过“详览前史，求经世之学”。湘军的建军与作战，都是从历史战例中学习经验。比如湘军的编制和领导体系就是从戚继光那里学来的。湘军的核心理念：忠义血性，来自书生对军队职能的深刻理解。曾国藩还在选拔人才、创建军队政治工作方面多有建树。

曾国藩把家族发达八字诀的第一个字定位于“书”。其祖父写的是：猪蔬鱼书，早扫考宝。曾国藩将其改为：“书蔬鱼猪，早扫考宝”。把“书”字挪到最前面，说明曾国藩认为它是繁荣家族最重要的事。曾氏家规中男子必做到“看书读写”四字。曾国藩不希望儿子做大官，唯愿做读书明理之君子。他曾说：“富贵功名半由人力半由天。但学习作圣贤，完全由自己做主，与天命无干。”

星云大师：刚才刘总裁说到读书让人有多少受益。的确，读书是一生的事，书中自有黄金屋，书中自有香菇面。读书是人的精神食粮，通过读书，生活里的缘分就会增加。

世间的财富再多，总有用尽的一天，甚至有被偷、被抢的危险，唯有读书求取智慧，是别人偷不走的。

饱读诗书是人生最有智慧的投资。所谓“秀才不出门，能知天下事”，虽然身处在斗室中读书，但是一切都在运筹帷幄之中，能决胜于千里之外。

不过，读书人也要会用书，不能读死书、死读书，知识是用来为全社会服务的。有时候，也不妨周游世界，亲身到一个地方，看一件事的发展，感受又会不一样。像刘总裁，你周游天下，心胸就开阔，见识就广博，我想这对凤凰卫视是有很大帮助的。

长乐先生：我喜欢看传记，看杰出人物的传记，你的人生格局会变大，你看待社会、看待人生的立足点就高了。

一个人的格局有多大和他能成多大事有很大关系。大格局要靠多读书去拓展，也和生活息息相关。我在建国五十年大庆和六十年大庆的时候都曾在天安门观礼，但真正对我的人生观产生重大影响的，是建国十周年大庆典礼。那是我父亲受邀，我借光跟着去的，那种气壮山河的震撼力对我立志有很大的激励作用。当然，也许苦难对人激励会更加明显，更加有效。

◎不要做现代文盲

长乐先生：现在有个概念叫“现代文盲”。所谓“现代文盲”，一般是些有些成就、自我感觉挺好、在小圈子里有点知名度的人，他们不是不识字，而是思想变得非常懒惰，不愿更新知识结构，不愿学习新技术和新事物，明明已经被时代抛在后面，却还在那里自我陶醉。这是肯定会被淘汰的一群人。

星云大师：这些社会问题说明，知识也会“生病”。“知”加一个“病”字头，就是“痴”。知识也会让人聪明反被聪明误、会愚痴。所以我们读书要善用书，要净化自己的心灵，增长自己的气质，扩大自己的心胸，这是很重要的。

长乐先生：现在的信息社会，资讯非常多，甚至到了爆炸、泛滥的境地，大量混沌不清的糟粕混杂其中，让人无所适从。

我认为，在某种意义上，资讯爆炸时，知识反而显得更加贫乏了。

只有经过整理的、系统化处理的资讯才能称为知识。而好的图书恰恰具有这种特点，所以读书应该成为一生的习惯。我看到一组数字，中国国民一年的阅读书量是零点七本，而韩国是七本，日本是四十本；美国孩子的平均课外阅读量是每人每年三万字，而中国孩子的平均课外阅读量是每人每年不足五千字；联合国在世界五百强企业家的读书调查中，日本企业家每人一年读五十本书。中国的企业家读多少本呢？很可悲，中国企业家平均每人每年读半部书，按照倍数来算差一百倍！

星云大师：终身学习应该成为人生的习惯。我现在岁数大了，最近眼睛看不到，看不清字，就听书，现在好多书都另有录音带，听得最多的是中央电视台重要人物的文化讲座“百家讲坛”。

佛教讲究“自觉”，凡事要自己觉悟、自我教育，才能快速成长，若老是要让人家来鼓励、让人家来开示，进步是很慢的。

快乐要由自己创造，要想别人给我快乐比较困难。快乐在哪里？举一个例子，一条小狗老是转圈子要咬自己的尾巴。大狗从旁边经过，问：“你干吗在这里转圈子？”小狗说：“我要寻找幸福快乐，有人说我们狗的幸福快乐在尾巴上。”大狗说：“那是永远找不到的，你向前走试试看。”小狗就向前跑，果然，幸福、快乐就跟随着它跑起来了。

所以，我们的幸福快乐在哪里？在我们的心里。

长乐先生：美国有一本书《第五次修炼》，书里最重要的观点与您的体会不谋而合，就是不断自我超越。而实现自我超越的方法，就是终身学习。

需要强调的是，读书和上网是不一样的。上网叫“浅阅读”，人在上网的时候，阅读非常重要的文章不会超过十五分钟。但是你看书的时候，只要真的看进去了，何止十五分钟呢？现在很多年轻人的阅读主要是通过网络完成的，这是一个很大的问题，它直接影响你思考问题的方式和深度。不要以为看电影或者上网可以取代读书。我们怎么去看电影？比如看名著改编的电影，应该先看原著，然后再看电影，看的时候注意电影是怎么对原著进行改编的。比如《天使与魔鬼》、《达·芬奇密码》、《追风筝的人》，我会对比着反复地看，琢磨它为什么这样改，琢磨影视语言和书面语言各自不可替代的美丽与魅力。

现在，中产阶级膨胀的速度特别快，富人多了，却“贵”不起来，还没有成为一个有气质、有知识的群体，更谈不上更新知识，终身学习。这和中国的大环境有关，我们整个社会都处于一个功利主义时期，人们都想着如何快挣钱、快致富。看书更多的是为了在职场混得更好，把产品推销出去，更多地赢利，甚至是为了学会“厚黑”……社会尊敬的不是知识和读书人，而是腕儿，看你开什么车，身价多少。每年公布的富豪，大部分是房地产商，没有一个是做出版的，搞文化的，做学问的。一个场合里面，进来一个官员、一个老总和进来一个所谓的文化人，大家的表情和态度是不一样的。这是中国的悲哀。

◎写作如同播种

星云大师：从童年开始，我就喜欢写日记，但因那时生活艰苦，纸笔不周，只有将一些人事、新知、杂感、生活等记于脑海中。

在丛林就读佛学院期间，对一个没有接受过基础教育的人而言，摸索写作实在艰难。记得，教授国文的海珊法师在黑板上写了“以菩提无法直显般若论”十个字，要求大家以此为题写一篇作文。当时才十二岁的我，连题目也看不懂，只好东抄西凑，写了好几张作业纸，糊里糊涂地交了卷。结果老师阅毕发回，评语栏中写着一首诗：

“两只黄鹂鸣翠柳，一行白鹭上青天。”

我还扬扬得意认为老师替我批了诗句，但是同学们解释说，这是老师批评我的文章“不知所云”，因为没有人听得懂黄鹂的鸣叫，也没有人听得懂白鹭的叫声。

后来，我的写作渐有进步。有一次作文课，题目是“故乡”，我认真地构思布局，在交出去前看了又看，自觉是得意之作。数天后发回，老师的评语又是两行诗句：

“如人数他宝，自无半毫分。”

意思是指我为文抄公。当作文总是被老师批得一无是处，纵有佳作，也被怀疑是抄袭而来的时候，我深感挫折。于是我更加重视读书，训练自我学习。时年十五岁的我争取到担任图书管理的工作，利用整理书籍剩余的时间阅览群书，温习功课，在夜晚熄灯以后，还躲入棉被里点着线香偷偷看书直至天亮。

长乐先生：和大师一样，我从小就喜欢写作，在小学的时候开始给《中国少年报》写稿，平时也喜欢写各种各样的文章，自认为还有一些天赋。当工兵的时候，除了每天辛苦操练之外，还要打坑道、挖山洞，时间排得很满。但我总是挤出时间写稿件，有时趴在坑道边也要写上一段。部队野营拉练或野外驻训，别人的挎包里装吃的，我挎包里装蜡烛，别人睡觉了，我的一天才真正开始……那时一个基层军人的文章是很难在《解放军报》上发表的，但我的稿件却能隔三差五地刊登出来，为我后来进入媒体打下了基础。除了写报道，我还为连队写相声、写歌词和小话剧什么的，整天忙得不亦乐乎，很有成就感。

想来大师也会有同感吧？

星云大师：在新竹台湾佛教讲习会教书时，有一次，碰到一位正在扫地的沙弥问我："我常看到有人送面给你吃，为什么别人都喜欢煮面给你吃，却不煮给我吃呢？"

他问得天真，我一时却不知要怎么说才好，看他在扫地，便回答他："只要你好好扫地扫个十年，自然就会有人煮面给你吃了。"因为"有播种，才会有收成啊"。刘总裁有了文学的播种才成就了后来的传媒事业，我本人也在努力学习，不断写作，这里面一方面得益于遇到良师，一方面来自勤奋练习。

我自认为写作没有诀窍，只有一个"勤"字。文章是魔术，重在熟能生巧；文字如兵将，平时就要培养，届时才能运用。每星期要读千字策论，以训练理路，启发思想。笔越写越锐，写好文章的不二法门，就是一个"勤"字。

我在宜兰时，没有桌子可用，只有把一台破旧的裁缝机，将就权充写作的桌子；也没有凳子可坐，好几个信徒于是凑合了三十元，到监狱买了一张藤椅给我，坐起来感觉无比舒适。

我住的小房间里，没有电灯，但我不以为苦，因为过去也没有使用过电灯。记得我到雷音寺那年是二十六岁，在此之前，除了在南京华藏寺短期享受过电灯以外，在大陆住过的栖霞山、焦山、白塔山，乃至台湾中坜的圆光寺、新竹青草湖灵隐寺，也都没有水电设施。

不过，信徒把我请回来，他们也很殷勤，都想为我解决问题，因此把佛前灯的电线加长，拉到我的房门口。尽管加长的电线也只能拉到门口，只得把电灯挂在卧室门口，但是我就这样沾有佛光，每晚借用佛光读书。

长久以来，我勤于笔耕，从不懈怠。五十年前，我每天写稿至清晨，早上第一件事就是将写好的稿件投入邮筒，然后才回去做早课。我一直感到很快乐，也明白快乐要经过努力、勤劳才能获得，没有牺牲奉献是无法体会到的。因此，我觉得要训练自己在忙中不以为忙、苦中不以为苦、难中不以为难。

长乐先生：正是，没有勤奋何来精进？哲学家舒勒斯曾经说，一个人如果每天阅读十五分钟，每星期平均可读半本书，一个月可读两本书，一年可读二十本书，一生至少可读一千册以上的书，成为一个博学多闻的人。

阅读是一件别人代替不了你的事情，阅读的功夫深不深也不一样，读书一目三行和一目十行效果肯定不一样。当然你有很快的阅读能力那是另说，像我看书的速度就比较快。我喜欢利用一切零碎的时间看书，在深夜读书，在马桶上读书……马桶上实际上是我一天里最清静的时候，我有很多东西是在马桶上写的，因为马桶上谁也干扰不了我，效率反而很高。

星云大师：人一生当中，光是为了等车子、等客人、等上课、等开会、等吃饭就不知道花了多少时间，被人等待固然是一种残忍的行为，学习等待却是一种至高的艺术。

由于我懂得利用零碎时间学习，我常自豪地告诉别人：“公路、天空是我的床铺，汽车、飞机是我的餐厅，一本书和膝盖是我的书桌，一支笔是我所有的动力。”过去几十年，我南来北往，乃至国内外来回，一点都不觉得浪费时间，甚至觉得零碎时间也不够用。

◎读书是一种实力指标

星云大师：过去我有个心愿，希望成立一间图书馆，于是我慢慢地买书，心想只要持续地买下去，经过十年、二十年、三十年，必定能够成立一个图书馆。但是对于没有意义的花费，我一钱不舍。数年前，我在日本弘法，将一顿饭钱节省下来，买了两本书带回佛光山，放在图书馆里供大家借阅，自觉乐趣无穷。在法国，我购得一部法文《大智度论》，虽然我不懂法文，也无法研究，但是我将它带回台湾，贡献给佛光山的青年佛子。

文明发达的国家，除了拥有美术馆、文物馆、博物馆之外，图书馆更是衡量该国家文化水平的重要指标。一所大学的实力强弱、一个都市的竞争力大小，主要视图书馆的藏书多寡，所以图书馆是展现一个国家最重要的软实力。

自古以来,图书馆影响着中外历史上许许多多伟人的成长。民国初年，知识分子深信拯救民族、救亡图存需要教育，教育之机关，一在学校，一在图书馆。图书馆的兴建便成为了“开启民智”、“教育救国”的重要途径。因此，蔡元培先生认为，要发展教育事业，培育天下之英才，办好图书馆是重中之重。

现在，我在世界各地创建了西来大学图书馆、南华大学图书馆、宜兰老奶奶纪念图书馆、佛光大学佛教学院图书馆、新竹无量寿图书馆、佛光山民众图书馆、大慈庵图书馆、大慈育幼院儿童图书馆，及丛林学院研究馆、男众学部图书馆、女众学部综合图书馆、国际学部图书馆、扬州鉴真图书馆等海内外二十六所图书馆。另外，佛光山海内外百余所别分院，如美国西来寺、澳洲南天寺等，亦皆设有图书馆。其中扬州的鉴真图书馆按照国际一流图书馆标准进行单体设计，是目前中国佛教学院中规模最大的图书馆，设计藏书十万册，目前已拥有六万多册，还在陆续增加中，其中也有刘总裁捐献的一百多种图书。

长乐先生：我现在很难去图书馆享受读书的乐趣了，只能把随身的行李箱变成个小书摊，打开箱子，必定有几本书等着你来读。多年读书的经历告诉我，什么是读书的真境界呢？有空就读，如醉如痴。这就真正把读书纳入你的生命了。

我最近比较有感悟的几本书和大师分享一下。大前研一的《美国再见》最近在国内出版了，作者特别强调了专业化的问题，比如他谈到美国的记者都是资深的，日本、台湾、香港的记者都是小年轻，所以出不了世界著名的专栏作家。我觉得我们的记者普遍存在浮躁心理，动不动就想当主持人，动不动就想当管理层，在美国没有这个观念。大前研一说，美国记者最后的职业出路都是专栏作家，而且专栏作家是必须依托于记者这个职业的。所以我在思考，培养记者的问题上，应该延续专业化路线，要树立一种观念，就是不见得你必须当上主播或者管理层你就出息了，你好好当记者，搞专栏，一样有出息。

还有一本书《世界是弯的》，戴维·斯密克写的。前两年不是有本书叫《世界是平的》吗？讲的是世界全球化，戴维·斯密克并不反对全球化，但是他认为全球化会给世界的金融体系和经济结构带来非常多的困难，潜伏着非常大的危机，这种危机早晚要爆发。2009 年的世界金融危机使他这本书一夜走红。这本书的多元思维方式和逆反的心态能帮助我们更客观、更全面地看问题。

另外，山崎丰子的《不沉的太阳》、《命运之人》等书都很有意思，山崎丰子八十多岁还能写出这样的上乘之作，很不容易。当然，我还在读大师的书和佛教经典，这些经典对我们做人、做事有非常有益的启示。

星云大师：多元思维和广泛的知识很重要，千万别把书读窄了。在《张老师》月刊上，我看到一则老师与学生们的对话《我能学到什么？》很值得深思。

学生问老师：

“学习数学能学到什么？”“精确！”

“学习文学能学到什么？”“真诚！”

"学习宗教能学到什么？""虔诚！"

"学习历史能学到什么？""智慧！"

"学习法律能学到什么？""人权！"

"学习经济能学到什么？""供需！"

"学习社会能学到什么？""和谐！"

"学习美术能学到什么？""审美！"

"学习天文能学到什么？""远见！"

"学习伦理能学到什么？""尊重！"

"学习海洋能学到什么？""包容！"

"学习地理能学到什么？""开阔！"

"学习政治能学到什么？""妥协！"

学生反问老师："如果我不学呢？""无知！"

所以，阅读什么类型的书不是第一重要，重要的是你是否思考了，是否收获了什么。机巧的人轻视学问，浅薄的人惊服学问，聪明的人却能够利用学问，所以一个人在为学做人与处世上，必须充实学问，有了学问才会有远见，有远见才能进而力行。

长乐先生：大前研一的一段话诠释了大师读书的意境："20世纪充满常识，而21世纪是一个无常识可言，而且会突然发生变化的时代。如果被旧世界的常识所束缚，就无法瞬间抓住并正确理解新世界是新的事实，更不可能预见到新的事业。要想学习没有常识的世界中新的常识,即21世纪的规则，首先必须有意识地让自己习惯于对铭刻于心的一个个常识提出质疑。"

星云大师：读书不要从众，要选择适合自己的书。比如我自己的床头书就不选大部头的书，太重，捧读起来很吃力。

长乐先生：书不在大部头，半部《论语》可以治天下，《资治通鉴》

能够知古今，《二十四史》道尽天下的兴亡，三藏十二部的《圣典》，叙述了宇宙人生的真理。

◎琴棋书画皆相通

星云大师：琴、棋、画，都与人生有着很密切的关系。琴的原始意义是“禁”，目的在禁止浮邪，使其归于正。所以在人生疾苦遇难的时候，琴能帮助我们免于堕于浮邪，度过苦难。

棋，是人生的写照。人一出生就在棋中，一盘棋就等于一个人生的写照，所以我们应该谨慎看清全盘，以免一棋走错，全盘皆输。

画，是自然的投影。我们画上世界上最美好的人事物，就像把大自然投影在画布上，所以不管是自己作画，或是欣赏别人的画作，都是人生一大乐事。

长乐先生：说到棋，我觉得中国象棋的发明是一大艺术杰作。据说，象棋发明于虞舜，是为了教育其不肖的弟弟，因其弟名“象”，故名“象棋”。从年代推断，棋艺在春秋战国时代已经盛行，现在象棋盘上的“楚河汉界”，源于汉朝刘邦与项羽相争的典故。

星云大师：我对下棋也颇有心得。我八十岁在佛光山宣布“封人”后，并不是完全不做事，仍然从事一些轻松的工作，如扫地、浇花、诵经、写作等，三餐饭后偶尔和徒弟中善于棋艺者对弈一二盘。因为我在少年时于栖霞佛学院就读，曾经观摩过学友下棋，至今犹记一些下棋的概要，比如先作布局，以防被攻；防守完成，再谋进取；进退有据，才可出击；必胜把握，始能一搏。

自从和徒众下棋以来，我以不纯熟的棋艺，总有八成胜算，很少输棋。弟子们怪曰：“师父未曾练棋，何以能胸有成竹，应付裕如，使我等盘盘皆输？”事实上，我在心中盘算，年轻人只知进攻，不懂防守，只想抢吃对方棋子，不重招术，因此我有时候会故布陷阱，诱其冒进，如此一着，优劣阵势，往往立刻转易。等到他发觉自己陷入危机，再想挽回，大势已去。另外，徒众们年轻，经常边下棋边七嘴八舌，所有战术早已全部露馅。我则老谋深算，不动声色，等到万事俱备，调动各路兵马，给予当头一击，甚少让他们有还手的余地。

长乐先生：日本棋院挂一条幅，上书：“围棋有五得：得好友，得人和，得教训，得心悟，得天寿。”细细一想，这“五得”正是修身的要点。一弈得好友：纹枰论道，益思结友。二弈得人和：局中争战，贵在人和。三弈得教训：成败利钝，了然于胸。四弈得心悟：大道无私，心悟无言。五弈得天寿：相呼对坐，耕耘养心。

星云大师：艺术不是单纯的“艺”，它是有感召力的。我本人不懂书画，但认为能将世间上一切美好的东西集合在一起，提供大家欣赏，是一件赏心悦目的事。所以我在台北道场创立了佛光缘美术馆，这是佛教界第一座专业美术馆，除了展览之外，也义卖美术作品，作为兴建佛光大学的基金。

我所义卖的很多作品都来自捐赠。比如，1992年居住在香港、与我素昧平生的高岭梅先生卧病医院，他请家人转告，希望我能为他主持皈依。当时我的行程已经排满，短期间内无法赴港，但想到山海远隔，不忍让一个老者拖着病体来台，于是用电话方便皈依。事后，高先生送了我一幅张大千先生的《观世音菩萨》画像以为致谢。直到举办义卖会时，我才知道高岭梅先生是世界收藏张大千先生国画的知名之士，而那幅《观世音》和《荷花》居然为佛光大学筹得一亿六千万新台币，对于巨额的佛光大学工程款项，帮助甚大。

建立美术馆，不光以传播佛教理念、布教弘法为目的，也在服务社会、美化人心，为民众提供一个心灵开放的空间，参与互动的文化艺术天地。

在我心中，佛光缘美术馆是一个走入生活的美术馆，而非仰之弥高的贵族殿堂，是将佛教与艺文结合起来，在热闹都会中广植净莲的美术馆。

后来我分别在台北、台中、宜兰、屏东、高雄、台南、彰化、苏州、扬州、澳大利亚、新西兰、美国、马来西亚、菲律宾等地开设了二十二所美术馆，展览历代著名的绘画、书法、陶瓷、雕刻以及当代有名的各项作品。尤其佛教珍贵的佛像、文物、法具、画册等凡数千件，均分类陈列，并附上说明文字，以令信徒游客从认识佛教的文物法典来了解佛教的具体内涵。这就是把“佛教与艺文结合”的显著成果。

长乐先生：除了绘画，我更喜欢的是音乐。小时候，别人“破四旧”，我却收集了所有能够找到的唱片，包括《天鹅湖》、《江姐》以及著名的几大交响乐等。那时候，我父母被流放，工资被扣发，每个月只有十二元生活费，我们省吃俭用，好不容易攒起来几个钱去买乐器。那时候乐器也便宜，都是大甩卖的，我在兰州用十五块钱买了一只天堂牌的手风琴，还花八块钱买过一把小提琴。

我太太当时是我的同学，她家经济稍微宽裕一点，她哥哥花了二百五十元为她买了一架钢琴，我们用辆三轮车从兰州中央广场把钢琴拉到楼下，扛上三楼。钢琴安好了之后我们兴奋地轮着弹奏，虽然弹得不好，但钢琴悦耳的声音和那些悠扬的音符，有一种深达骨髓的感动与美丽。

那种少年的快乐、欢欣和愉悦至今难忘。

那时候，我们没有条件受专门的音乐培训，只能自弹自唱，忧郁的日子终于有了青春的亮色。那段时间，我学到了很多正常情况下学不到的本事，不是为了读书而读书，而是朝着自己喜爱的方向去发展。比如，散文看多了就想试试笔，诗歌看多了就有了跳跃式的思维……我想，在那个特殊的时代，我如果没有读书这样一个嗜好的话，非常可能会沉沦。当时很多孩子在“文革”中沉沦，有的很小就谈恋爱，甚至怀孕、堕胎，荒废了青春岁月。

慈爱

没有大爱，难成大器。人生就像是一个皮箱，用的时候提起，不用的时候放下，不要总抓在手上。人到世间上来应该是快乐的。你不给自己烦恼，别人永远不可能给你烦恼。心病还需心药医。

◎人生就像一只旅行箱

星云大师：人到世间上来应该是快乐的，为什么会烦恼呢？其实是自寻烦恼。贪欲、愚痴、嫉妒、怀疑都是人类烦恼的来源。换句话说，人烦恼的根源也就是“我”，我执，我在，我要，我想，我认为，我以为……有了“我”，烦恼就来了。

人的身体就好像是一个村庄，里面住了眼睛、耳朵、鼻子、舌头、身体，这在佛教里叫做五识。第六识就是心，心如村长，它管理这五个人。这个村长如果很好，就带领村民做善事，开荒种地；如果这个村长不好，就带领这五个村民到处为非作歹。所以，佛教讲修心，要先掌握住自己的心，给它升华，给它扩大，给它清净，给它慈悲。

尤其是慈悲，人可以什么都不要，但不能没有慈悲心。心有了慈悲，就能做眼、耳、鼻、舌、身的模范。

其实，心也是特别麻烦的，心如盗贼、心如猛兽，要透过参禅、念佛、修行来降伏，有了般若，有了慈悲，有了佛法，就如同千年的暗室，点上一盏灯光就会明亮了。

长乐先生：烦恼是几乎每天都有的。当年，在菩提树下，佛陀悟出来了三法印，诸行无常、诸法无我、涅槃寂静。这些理论确实是放之四海的，比方说诸法无我，你什么事情都把自己的念头、自己的得失带进去的话，那你会非常烦恼。

一位日本武士向一位名叫白隐的老禅师请教天堂和地狱的区别，禅师轻蔑地说："看你的那张脸简直像一个讨饭的乞丐，我没有时间和你讨论这个问题！"

"你说什么？"武士热血上涌，"哐"的一声抽出了利剑，对准了白隐禅师的胸膛。

禅师缓缓道："这就是地狱！"

一瞬间武士恢复了理智，连忙收起宝剑，向白隐鞠了一躬，谦卑地道歉。

白隐禅师面带微笑，温和地告诉武士："这就是天堂！"

星云大师：对治烦恼，一定要增加自我的力量。在佛教里，对治烦恼有很多方法，比方贪欲、瞋恨、愚痴、散乱、贡高我慢、嫉妒等，佛教以"五停心观"对治：贪欲心重的人，只要养成喜舍的性格，就不贪了；瞋恨心重的人，养成慈悲的性格，就会对人好；有了智慧，自然能对付愚痴、邪见；疑心、嫉妒心重的人，要学会人我对换，有时候，面对事情，冷静一下、思虑一下，也就能减少疑嫉。

总之，要对人好，让对方接受，否则对方觉得你不好，也就不会接受你了。

每个人都有很多不同的性格，但是与人相处，最重要的就是为人着想。比如，刘总裁刚才讲的事情、人物，我可能过后就记不得了，记不记得不重要，重要的是刘总裁希望我做的事情，我会尽量做，你要我明年做什么，我会记到明年，我对你的承诺是不会忘的。

又好比人家借钱给我，我记不得，我借钱给人，就老记得，这并不好。所以，我们的性格要改变一下，换位思考：你欠我的钱，我记不得；我欠你的钱，要记得，要赶快还你。要让人家做中心，不能去得罪他，不要以自我为中心，自我为中心就会烦恼。

烦恼从哪里来？从“我执”、“我要”来的，只有“我不要”，才会自在，如果我在意“我”的意见、想法，也就要烦恼了。所以，放下才能自在。

人生就像是一只皮箱，要用的时候提起，不用的时候放下，不必老抓在手上，那是很累人的。该提起的就提起，该放下的就放下，则人生事事随缘自在。

处境愈顺遂的人，一旦遇到不如意的事情，他就容易放不下。在感情、事业上受了挫折，在金钱、名誉上受了损失，乃至学生考试失利了，竞赛落败了，就觉得前途艰难，严重者甚至兴起自杀的念头。

面对起起落落的人生，有一句名言：放下身段！因为世间终究是“花无百日红，人无千日好”，能够放下身段，才能“放得下、提得起”。即如清朝的宣统皇帝，原为九五之尊，但是到了最后却在北京的中山公园做一名清洁工。如果他不能放下身段，又怎么能生存于世间呢？

“文化大革命”的时候，那些睡牛棚的人，也都是有身份、地位的，如果当时他们不能“放得下”，今日又如何能“提得起”呢？

功名富贵人人追求，能够得到也并不是不好；但如果因缘不具而失去，也要能放得下。

人生要能大能小、能屈能伸、能有能无、能高能低，如果因为一句话、一件事就放不下，甚至为一个人而放不下，又如何承担更大的责任呢？

有一次，一个婆罗门外道带了两个花瓶去见佛陀。佛陀一见到他，就叫他“放下”，婆罗门依言放下手中的花瓶。过后佛陀又叫他“放下”，他又放下了另一只花瓶。佛陀继续说：“放下！”婆罗门不解：“我都已经放下了，你还要我放下什么呢？”佛陀说：“我叫你放下，不是叫你放下花瓶，我是要你将傲慢、骄瞋、嫉妒、怨恨等不善的念头与不好的情绪都放下。”

长乐先生：其实人都有烦恼，特别是“掌门人”，高处不胜寒。很多时候，要是不自己缓解压力，就真的把自己逼到绝路了。怎么解脱自己呢？我的观点是：人不应该成为工作的奴隶，而应该成为工作的主人，一旦你当了工作的主人，就能排除烦恼。

我最推崇的是把工作当做一种享受。爱因斯坦一生为人类社会的发展作出了巨大、杰出的贡献，但即便如此，他在六十多岁以后每天还坚持工作十四小时以上。曾经有人问他：你每天工作那么多时间，不感到辛苦吗？他回答说："辛苦？我从来没有觉得辛苦，我认为工作是一种享受。"

星云大师：快乐的确是要自己创造的，让别人给你快乐比较困难。快乐在哪里？在我们的心里。心是我们的工厂、我们的能源、我们的活水，幸福、快乐的泉源就在我们的心中，要学会制造。

自己如何创造快乐的泉源？比方读书、发心、服务、为人间做好事……久而久之，自然就能心开意解了。佛教重视"自觉"，自我觉悟了，也就能得到快乐。

人不快乐是"心"生了病。中国有一句俗话说："药石医假病，真病无药医。"所谓的真病，指的就是心病。柴陵郁禅师悟道后，曾说了一首诗偈：

"我有明珠一颗，久被尘劳关锁；
今朝尘尽光生，照破山河万朵。"

我们的心本来具有无限的潜能，蕴藏无尽的宝藏，但是由于无明造作，纷逐于五欲尘劳，使明镜般的清净自性，失去了光明，不能发挥应有的功能。那么怎么才能找到本心的快乐呢？我们应该以智慧之光，照破心中的一切迷妄，涤尽心中的所有污垢，将心中所含蕴的"佛的性能"——佛性，完全地显露出来，以戒除贪、瞋、痴、慢、疑。佛陀说了八万四千种法门，譬如贪病，若不持戒律以去除，心必定随着贪欲四处纷飞奔逐；瞋病若不修禅定以根治，心则生活在焚烈的火焰之中，很难做到"如如不动"的境界；痴病则唯有智慧才能治疗，从"痴"字的构造来看，痴不是没有知识学问，而是知识学问有了偏失，产生魔障，这种世智辩聪如果运用不当，对社会人群的危害也就更大了。

长乐先生：如何找到本心的快乐？清朝金缨有一句话：“闹时炼心，静时养心，坐时守心，行时验心，言时省心，动时制心。”还有一句：“心有疑，以决释之；心有惑，以识解之；心有欲，以断消之；心有闲，以思盈之；心有忙，以淡静之；心有屈，以宽伸之；心有放，以慎敛之；心有余，以力补之。敬守此心，便会气定神闲；有心遵理，何等心静人和。”

其实，活得简单点人就快乐了。小的时候简单，长大了复杂；穷的时候简单，富了就复杂；落魄的时候简单，得势的时候就复杂；看自己简单，看别人就复杂。活出简单来不容易，活出复杂很简单，道理懂得了，做起来却很难。很多年轻人和我聊天的时候就说，自己看到别人挣的比自己多，就不由自主地眼红，总是觉得自己迈不过去这个槛，这怎么能快乐呢？由于他们自己克服不了这个心病，希望能有外力来开解，大师怎么看这个外力？

星云大师：当然外力也有它的缘分。这就表示自己的力量不够，心如发电厂，心里的电力如果旺盛，只要随便一个按钮一开，电力就会很充足。除此之外，心还是自来水厂，是活水源头。佛教里讲，亲情、爱情、幸福、快乐都要自己去努力奋斗得来，心灵不健全，不向自己的内心追寻，光靠外力也就要自寻烦恼了。

所谓“以闻、思、修入三摩地”，听闻世间上的知识之后，还要进一步思想、思考，然后去实践。“闻、思、修”的阶段会帮助我们开启心灵的世界。心灵的世界开了，大地山河都在我的心里，我还要追求什么？

我在二十岁以前，也跟一般人一样，总是祈求佛陀加持我，让我聪明，让我进步，让我能冲破一切难关，让我能顺利学佛求道。

慢慢地，到了四十岁以后，有一天，我反观自照，发现这仍然是一种自私的贪求。因为所求都是“我的”师长、“我的”父母、“我的”朋友，不尽如法。于是从四十岁到五十岁，我的祈愿又有了一番突破，我就为世界和平、国家富强、社会安乐、众生得度而求。这个时候，自觉自己是在实践《华严经》所说的“但愿众生得离苦，不为自己求安乐”。

当五十岁过去的时候，我又忽然心有所感：每天都要求佛菩萨为世界、为社会，那我自己是做什么的呢？所以，五十岁以后，我开始祈求诸佛菩萨，让我来代替天下众生负担业障苦难，让我来承受世间人情的辛酸冷暖，让我来实践佛陀的大慈大悲，让我来学习如来世尊的示教利喜。

长乐先生：大师的修“心”原来也经历了这样的历程，您能给普通人讲讲如何自我修行，增加心的“电力”吗？

星云大师：以静心对动心。很多人浮躁不安，不知道生活的目的。佛经上说：“静心投入乱念里，乱念全入静心中。”我们在每日的生活中，不能缺乏涤清尘虑、自我宁静的训练工夫，佛教说禅定中可以发为无上的智慧。

以信心对疑心。怀疑也是根本的烦恼之一。《大智度论》说：“佛法如大海，唯信能入。”唯有以信心的手，才能采掘佛海的宝藏。

以真心对妄心。经上说：“心中有佛离心念，念得心空及第归。”我们的心纷纭虚妄，要以正念的真心来对治。什么是真心呢？就是泯除差别，平等一如的心。

以大心对小心。经上形容我们凡夫的心说：“易涨易退山溪水，易反易覆小人心。”我们的心也要修炼得像大海虚空一样，荣誉宠渥固然能接受，毁谤打击也能包容，荣也不曾增，辱亦不曾减，任他浮云飘过，舟筏破浪，也不随境而轮转。

以无心对有心。永嘉大师在他的《证道歌》中说：“恰恰用心时，恰恰无心用；无心恰恰用，常用恰恰无。”有所用心则有所牵系，有所执著，有所对待；无所用心，心才能扩大；虚空所以为大。如果能以无心对治吾人对于世间假有、虚有的妄执，便能享受随缘放旷，任运不系舟的逍遥！

以永恒心对无常心。我们的心不断地攀缘尘境，在六道之中轮转不息，而我们的善念就像那春天刚刚萌芽的纤细嫩苗，经不起风雨的一番吹打就夭折了。佛门有一句话说："学佛一年，佛在眼前；学佛三年，佛往西天。"如果不能进一步发恒常心，充其量也不过是露水道心罢了！

以平常心对好奇心。禅宗说"平常心是道"，又说"日日是好日"，真正的禅趣就在我们看似平淡无奇的日常穿衣吃饭之中。

◎人与动物最大的不同是会微笑

星云大师：有人的地方就有事，有事必然有是非。是非虽然起于人我，只要我们懂得照顾自己的心，就不会被人我是非所困扰。处世也要懂得以有限的生命来追求无限的永恒，能在横逆来时不怨不尤，在病苦来时不惊不怖，在讥谤来时不辩不苦，在荣宠来时不骄不慢，这就是禅心，这就是人间佛教。

长乐先生：我的名字就含着"开心"的意思。我出生于上海的长乐路上。当时父亲还有另外一层意思：我哥哥生在新中国成立时，取名为"全胜"——"全国胜利"；而我要晚两年，所以就是"长久快乐"。可能是因为名字的原因，我一直秉承"要开心"的观念，不管遇到什么事情，想想就过去了，对自己、对别人，都努力保持着豁达、开放的心态。

星云大师：佛教中也有一个"长乐"的形象，就是布袋和尚契此。他生活在唐末五代，有个大大的肚子，身体十分肥胖，临终前说了"弥勒真弥勒，分身千百亿。时时示时人，时人自不识"四句偈语，人们才知道原来他就是弥勒佛的化身。契此留有一偈：

"是非憎爱世偏多，子细思量奈我何。
宽却肚皮须忍辱，豁开心地任从他。
若逢知己须依分，纵遇冤家也共和。

若能了此心头事，自然证得六波罗。”

以契此为原型，后人又加上了笑口常开的特征，就形成了矮身大肚、蹙鼻笑口的典型弥勒佛形象，昭示众生：做人当宽容、快乐。

人与动物最大的不同，是人会微笑，因此有表情是为“人”最大的幸福。所以对于徒众性格的培养，我的要求是将自己的“神”提起来，做个有活力的“神”。

长乐先生：否定性管理很简单，也很粗暴，短时间内会被误认为是有执行力的体现，但如果用来管理创意型企业，最终伤害的一定是企业的竞争力。如果批评成为一种习惯，那就更可怕了，员工会产生极度的不安全感，怕犯错，也就没有了激情，当然就做不好事情。

如果一个企业里全是愁眉苦脸的员工，你说这个企业能是一个有活力的企业吗？一个企业要让员工快乐，要让他在这个企业中有成就感，要给他创造机会，这一点是很重要的。对我自身来说，我也要不断调整自己的情绪，让自己快乐。我快乐，我的员工才快乐，如果我每天愁眉苦脸，我的员工也快乐不了。所以，我要求自己每天表扬三个员工。表扬和微笑，可以给自己一个好心情，也给别人一个好印象。我想，任何一个老板都会更喜欢笑容灿烂的员工吧。

星云大师：微笑使烦恼的人得到解脱；微笑使疲劳的人得到安适；微笑使颓唐的人得到鼓励；微笑使悲伤的人得到安慰。

“禅话”就是让人觉得幽默又有机智的语言。在一个团体中，常说禅话，可以化解紧张的气氛，增加生活的快乐；常说禅话，让严肃刻板的生活，显得洒脱自在。所以我们要常说欢喜的禅话，让别人喜欢与我们说话。

长乐先生：微笑、幽默与机智，都是一种光芒，是可以点亮自己，也可以照亮别人的。

星云大师：其实人生的前途，荣华富贵者不一定就永久快乐，贩夫走卒也不是一辈子劳苦。一个人只要心安理得，适如其分地做其“本分”事，即是幸福。能在心中寻找和平的人，是最幸福的人。如果人生只剩下对未来的憧憬，那仍然是一种幸福。

还有很重要的一点就是，在漫长人生经验中学习到的教训是：只有自己能给自己幸福。

长乐先生：我看过一个故事：一位牧师要去传道，但始终选择不定演讲题目，他五岁的小孩又在一边吵扰。于是，牧师将一幅世界地图撕碎，告诉孩子拼起来就满足他的要求。没料小朋友很快就兴冲冲地跑来告诉他拼好了。牧师非常惊讶，问他是怎么完成的。小朋友说：“地图反面是一个人的画像，我把人像拼好了，地图也就拼好了。”牧师有感而发，选定了演讲的题目：《人是对的，他的世界就是对的》。

如果用消极的心态去看待一切，怀疑所有人都在与自己作对，就会产生偏见、恐惧、报复、斗争的不良情绪情感。所以，幸福这个东西还真的是与财富和物质无关，它更多是本心的感受。过着什么也不缺的生活的人，有时也无法了解何谓生活的幸福。

星云大师：真正的幸福潜藏于目所不能视的事物中。

我从小出家，在佛门，曾经训练自己禁语，有过一年不说话的经验。刚开始时很苦，因为讲话是习惯，往往看到个什么就想说，可是逐渐练习后，也发觉到从宁静中所体验的境界不一样。我为什么不说话呢？小孩子爱说话是天性，但是有一次我在讲堂讲了一句话，严厉的老师却一个耳光马上打过来，打过后问我：“这个地方有你讲话的资格吗？”我一想，这是讲堂，是老师们讲话的地方，哪有我讲话的资格呢？好！不讲话。

有时候，他也不准我们用眼睛看，天天走路都是眼观鼻、鼻观心。但是小孩子总是会好奇，只是眼睛一睁开，老师又是一个耳光打过来，问道："你看什么？哪一样是你的？世间上没有一样东西是你的，你看它干什么？"后来的几个月我就都不再看了。几个月后，有一次，在走廊上睁开了眼睛，再次看到外界的青山、树木、天空，真是美不胜收。

平常人只知要用感官去追求这世间的声色之娱，以眼、耳、鼻、舌、身、意六根，去追逐色、声、香、味、触、法的六尘，然后产生眼、耳、鼻、舌、身、意六识，从生理到物理到心理的认识。但是六尘中的快乐，不是真实的。古代禅师们在打坐时闭眼盘腿，不看、不听、不说，我们会以为他们真傻，何必自我虐待呢？其实，禅师们不看、不听、不说，并不是没有快乐，他们拥有的是内在的能源、内在的快乐，他可以在宁静中把心安住，达到很高的修养境界。

◎"说出来"

长乐先生：有报道说，台湾每三小时就有一人自杀，我想，香港和内地这方面的问题也很突出。据统计，中国内地平均自杀率为十万分之二十三，每年自杀死亡人数为二十八点七万人，自杀死亡占全部死亡人数的百分之三点六，占相应人群死亡总数的百分之十九，女性自杀率比男性高百分之二十五，农村自杀率高于城市三倍，农村老年人自杀率高于城市老人五倍……

自杀是人类社会自古以来既有的一种社会现象。医学研究表明，死于自杀的人中，约百分之五十患有抑郁症，近些年来中国的自杀率在不断攀高。在我所了解到的自杀的案例中，为情所困是一个很主要的原因。

想到那些自杀的人，我总在想：这些人连死都不怕了，为什么却无法面对一些暂时的困难？后来我觉得，他们可能不是怕不怕的问题，而是觉得自己没有方法解决面对的问题，自杀是他们解决问题的唯一方式，与其这样痛苦地活着，倒不如一次性了断，彻底解脱。所以，凡事不要太钻牛角尖，人要学会释放压力，不让它累积。

痛苦是会积累的，人要想办法不让痛苦在心中堆积起来。

星云大师：富士山脚下本栖湖畔的“本栖寺”是佛光山在日本的弘法道场，原本为日本竞艇协会的训练场，占地约一万五千坪，建地约四千坪。听说我们要在这里建寺院，他们什么设施都没有带走，包括碗筷、桌椅、被褥都留下来。本栖寺附近有专门观赏富士山的观景台，就是印在日币一千块上的景致。但是这附近也有一个自杀森林。人一走进去就消失了，不见了。在入口处有一行字写着：“生命宝贵！请三思而后行！”

我在这里办本栖寺的目的之一也是想让大家好好地生，好好地活。

长乐先生：大师说的地方名叫树海 (Aokigahara)，是富士山脚下的一片森林，不知为什么，树海受到自杀者的青睐，因此又被称为“自杀森林”。自 20 世纪 50 年代以来，已有超过五百人在这里结束了自己的生命。

星云大师：自杀等问题可能是压力太大造成的，但不能把这些情况完全归罪于压力。我幼年在丛林出家，接受严苛教育，也没有躁郁、忧郁症啊！就是苦不堪言，还是要委屈、忍耐。说实在，这个时代就是太自由、太开放，有了胡思乱想的空间和机会，才会造成这么多精神疾病的问题。

打开报纸、电视，几乎都是社会乱象的报道，没有深度、没有道德、没有善美的社会，怎么不会引发精神疾病呢？世界卫生组织公布，忧郁症是 21 世纪三大疾病之一。社会进步，不但没有带来快乐，却增加了人们精神上的压力，令人闻之不胜唏嘘。

面对生活中的一切，人人都会有不同程度的情绪表现，倘若长期压抑，有时会因为心理过度负担，造成身心上的某些障碍，因此适度的发泄也是有必要的。我们的心好比仓库一样，储藏许多的心事，这些心事有时候可以畅所欲言，向别人倾诉，可是有时候却很难表达出来。

譬如刘总裁刚说的男女情爱的问题，我们喜爱一个人，作风奔放的人就直接向对方表露出来说："我很喜欢你、我爱你。"而性格含蓄的人，却羞于启齿，只能将这份爱慕之情，关锁在内心深处，正如一般时下青年所爱唱的一句歌词："爱你在心口难开。"喜爱一个人固然很难说出口，就是怨恨一个人，怀疑一个人，嫉妒一个人，也很难让对方了解。隐藏在我们心中的秘密可谓千百万种，无法计算，而如何将这些心事加以疏通，或者巧妙地表达出来，不至于蕴积成病，泛滥成灾，实在是一种智慧。

长乐先生：是的，我自己感觉，人的意志或许可以控制表情、举止、语言谈吐等外在的东西，却对机体内部的应激反应无能为力，这些才是更可怕的。所以摆脱负面情绪，就应把自己的烦恼和痛苦统统"说出来"。你可以在自己信赖的人面前敞开心扉，也可以自言自语地"说出来"，或者写日记、写博客。据说，血液化验的结果表明，善于用文字吐露自己忧虑和烦恼的人，对提高免疫功能大有益处。

星云大师："说出来"的主要目的还是排解自己的不良情绪。我们的心中蕴藏许多的秘密，而这些秘密有时常把我们困扰得不得安宁。如何降伏心中的烦恼，找到一条安心之道，是追求幸福人生的门径。当初二祖慧可禅师往见达摩祖师，就是要祖师为他安抚这颗难安的心。心之所以难安，是因为心中有无数的难言之隐，这个"隐"字就是秘密的意思，这些秘密只能留在自己内心深处，像蚕一样啃啮着我们的心，而不便向别人言说，当然也就要痛苦不堪了！倘若一个人能够修持到"书有未曾经我读，事无不可对人言"的境地，那么他的人生必定逍遥自在，了无挂碍了。心中没有秘密的人生，是个没有负担的解脱人生！

童年时，我受到很多的挫折，然而内心有一股力量，能够不被外来的挫折打倒。拿写文章来说，有时候我用心把一篇文章写好，老师却在上头批“如人数他宝，自无半毫分”，意即像银行里天天数钞票的办事员，只是过路财神，自己并没有分到一点，以此暗示我：你的文章不晓得从哪里抄袭摘录来的，自己没有半点见解和看法。被评为文抄公，给小孩子的打击更是澎湃汹涌。面对这许多挫折，我心里只生起一个念头：“老师，你不了解没有关系，总有一天，我会把我的能力让你了解的。”

为了避免因为情绪失控而伤害自己、伤害别人，当心情不好的时候，可以借由做自己喜欢做的事情来转移注意力，比方散步、唱歌、运动、爬山、听音乐、学舞蹈、戏剧表演、投入工作、结交善知识、训练各种技能、学习语言等，以沉淀纷乱的心灵。或是改变想法，正向思考，带着积极向上的活力面对发生的困难，内在向上的能量也能平衡不愉快的情绪。或者培养幽默感，适时地解除紧绷的气氛，也能舒缓压力。

在心理调适上，应该做好自己，不要常常比较、计较，老是希求自己样样出色、样样比人好的人生，一旦无法如愿，内心就会感到空虚、无力。所以，坦然接受自己的人生，生活才能安然自在。

长乐先生：格兰特总统曾经问一位哲学家：“谁是世界上最快乐、最幸福的人呢？”哲学家回答：“谁能这样想，他就是世界上最快乐、最幸福的人。”所以，人生就是一种选择，快乐不快乐，幸福不幸福也是一种选择。

烦恼几乎都是属于心理上的，而不是生理上的。当然，生理上的不适也会产生烦恼。

星云大师：自杀的人有的是因为生意失败、情场失意、理想失落，或因意外灾变，在失去所有，一切皆空的情况下，因为受不了“无”，故以自杀来求得解脱。

然而，社会上也有很多人因为有烦恼、有压力、有责任、有欲望、有得失等，因为太多的“有”推不开，于是以自杀来逃避现实。

其实，自杀也是杀生，业报很重；佛教讲善终，能够善终，才能往生善道，才能得到真正的解脱。

自杀是对生命意义无知的表现，是弱者的行为。世界上最残忍的事，就是把一个生命结束，尤其是结束自己的生命。佛教讲“无常”，面对困难、挫折，只要我们肯改善因缘，一切都会过去；只要我们肯改变现状，自能迎向美好的未来，这也是生命的可贵之处。希望吾人都能善自珍重自他的生命，好好地活出希望，活出自在，活出平安，活出光明。

◎精进是成功之本

星云大师：从小到大，我一直喜欢阅读名人传记，在神游古今中外时，经常发现成功几乎都属于勤奋工作的人，而骄奢放逸的人注定要走向失败的命运。多年来，我踏遍全球各地，在考察人文风俗，经过一番比较之后，深深感到前途充满希望的国家，往往都拥有乐观进取的人民；反之，落后贫穷的国度里，不知勤奋生产的人比比皆是。我发觉那些具有恒心毅力，能够百折不挠的朋友们，活得最为充实幸福。我自己做过各类不同的苦工、劳役，只要利济有情的事业，纵使是经过一番辛苦奋斗，都能令我终身回味无穷。所以我经常告诫徒众说，精进勤劳，是善德，是财富；懈怠放逸，是罪恶，是贫穷。

我二十岁那年从佛教学院毕业出来之后，就将自己奉献给社会大众。我一生没有放过年假，也没有暑假、寒假，甚至星期假日我还比别人更加忙碌。我从早到晚没有休息，不但在讲堂、教室里弘法利生，在走路的时候、在下课的空当，甚至在汽车、火车、飞机上，我都在精进地办公、阅稿。每天我都是在分秒必争、精打细算中度过。近五十年来，到处行脚，不曾停止，尤以近几年来，周游五大洲，更是席不暇暖，有人关心，问我：“你为什么不休息呢？”我都如是回答：“将来有永远休息的时候。”我这样想，如果以一天能做五个人的工作来计算，假如能活到八十岁，就有六十年的寿命可以从事工作——六十乘以五，不就是三百岁了吗？

“止水易生虫，滚石不生苔”的现象，更说明了唯有将自己“动”起来，才能创造无限的活力；唯有精进不懈，才是顺应天心，安身立命之道。因此，我对那些劝我不要忙碌，好好保重身体的人说：“忙，才是保重。”因为将来我们都有一个永远休息的时候。

长乐先生：我的业余时间不多。我上班时间是在公司，下班的时间可能也在通过电话处理业务，基本上是全天候待命。所以我一般随身带着白花油，需要的时候给自己提精神。对做电视的人来说，24 小时连轴转是家常便饭。

大师有一段话让我特别受用：“忙，像锐利无比的慧剑，斩断妄想葛藤；忙，像点石成金的手指，化腐朽为神奇。修道者，要用忙来开启本具的潜能，用来发掘本有的宝藏。”

曾国藩也说：“天下古今之庸人，皆以一‘懒’字致败；天下古今之才人，皆以一‘傲’字致败。”成天睡懒觉的人是成不了事的。

星云大师：勤奋还要会“用”时间，不是一味“磨”时间。一位信徒问赵州禅师：“十二时中如何用心？”赵州禅师回答：“你是被十二小时支使得团团转的人，我是使用十二小时恰恰当当的人，你问的是哪一种时间？”的确，会运用时间的人，他的时间是心灵的时间，因为能够纵心自由，达古通今，他的生命展现了泱泱宇宙的全体大用。反过来说，不会运用时间的人，他的时间只是钟表刻度的时间，由于受到钟表指针的支配，一小时不会多，一分钟不会少，因此他的生命浑浑噩噩、渺小有限。

长乐先生：著名的社会学家马斯洛研究过和他同时代的取得了杰出成就的分布在各行各业中的名人，包括科学家爱因斯坦、政治家林肯、杰弗逊等。研究结果表明：他们共同的特点就是精力充沛，朝气蓬勃！

精力代表身体的运动力和大脑神经的运动力。身体好，但大脑没有足够的精力来处理事务一样是精力不足，懒就是精力不足的一种表现。人要办成一件事，需要消耗一定的精力。成功的人有足够的精力去面对众多的人和事。而精力不足的人面对过多的事务就会感到烦心，倦怠，不想伤神。

要把众多繁杂的事务处理好，必须得有足够的精力。

星云大师：保持健康的身体和心态对职业发展也很重要。现在不是很多人都有职业病？职业病不光是身体机能的障碍（例如浮脚筋、坐骨神经、痛风、五十肩、视力伤害等），心理上的麻木更严重。尤其现在很多电子工厂、成衣工厂都实施一贯作业，完全不用人脑，只是零件、机械的装配，一天到晚做着相同的动作，像螺丝钉一样，没有思想，没有感觉，成了简单的、没有智识的人，日子久了，精神能不苦闷吗？

现在的社会，由于注重科技发展，人也变得越来越机械化了。比方说，电视都是遥控，不必走动；快餐品越来越多，不必烹饪；洗衣脱水，都用电脑；领款购物，都用刷卡……这样发展下去，人越来越懒，都不必下厨房上班了，按一个钮，牛奶来了，面也做好了，资料也传真了，公文也电脑连线了，一切按钮即可，人都不用动了。

我们出家人每次用斋的时候，饭前要合掌，要念“供养佛，供养法，供养僧，供养一切众生”。我们佛光山的总机小姐，每天在机房工作，拿起电话就要说：“佛光山，您好！”然后才做电话接转。有一次，这位总机小姐跟我们一起吃饭，我们合掌，还没有说“供佛养，供养法，供养僧，供养一切众生”，她已经脱口而出：“佛光山，您好！”这就是职业病。

长乐先生：要想不得职业病，有十种生活方式不可取：极度缺乏体育锻炼；有病不求医；缺乏主动的健康体检；不吃早餐；与家人缺少交流；长时间处在空调环境中；常坐不动；不能保证睡眠时间；面对电脑时间过久；三餐饮食无规律。所以，感觉自己精力不足的人首先要戒除上述坏习惯，然后调整心态，积极地面对麻烦，勤于思考，并且保持身体健康。虽然我很忙，但是在业余时间我还是会腾出一些自己的空间，比如旅游、打高尔夫球、野外摄影，或者是读书。

星云大师：人也需要适度的休息，休息是为了要走更远的路！佛教说有四种精进力，其中一种就是休息力。但是“休息”被一些人滥用，作为懒惰的挡箭牌。例如，有的人以休息的名义，早上不起床；一周休两日，希望经常放长假；上班时以喝茶的时间，故意拖长休息时间。一日之中，上午休息，中午休息，晚上也要休息；一年之间，法定假日休息，例假日休息，甚至不放假的时候也要休息。如此借故休息而不工作，则人生倒不如干脆就到棺材里去作永久的休息！

阿那律尊者有次在听佛陀说法时打瞌睡，佛陀教训他：“咄咄汝好睡，螺蛳蚌壳内；一睡一千年，不闻佛名字。”阿那律惭愧，从此精进，不再休息，导致眼睛失明。佛陀告诉他：“适当的休息，也是精进！”二十亿耳弹琴，佛陀问他：“琴弦太紧或太松，后果如何？”二十亿耳说：“弦太松，则弹不出声；弦太紧，则容易断。”佛陀说修行亦如弹琴，不可太松，也不可太紧，所谓“中道”而已！

现在，是一个“忙”的时代，是一个动员的社会。在忙过以后，给予补给，就是休息。而休息了以后，就要抖擞着精神，迈开脚步，踏上正途，这才是休息的重要意义！

◎唯有宁静可安住

星云大师：有一则笑话，说有一老者常到寺庙卖豆腐，心想禅堂究竟如何？很想尝尝坐禅的味道。一天，一个出家人将他带入禅堂，坐了一支香，他大呼：“好啊！好啊！”问他如何好法，他回答说：“我想起三年前老王买我五块豆腐还差我十元。”这个笑话从另外一个角度说明了一个道理：宁静能增长智慧。

佛光山为一山区，乃宁静之地，常有游客一边玩一边将收音机音量开得很大，我时常想上前提醒他们：都市中之尘嚣难道还不够苦吗？为何到了如此宁静之地，不知享用，反而用声音来自我麻醉呢？我期望大家能在如今这个喧嚣的社会过宁静生活，最好能动中有静、静中有动；在静中有活泼的举止，在动中有宁静的力量。

长乐先生：对我个人来说，我的宁静之所就是我的家庭。我有一对双胞胎女儿，她们都读了博士，是“第三类人”。我的夫人主要精力都在女儿身上。和她们在一起，是我最宁静、最享用的时光。到目前为止，我不希望也没有让我的家人参与到公司管理中去。我的家人也非常喜欢这样，大家都觉得公司的运行应该更加标准化、国际化，不要让事情搞得很复杂、很麻烦。

星云大师：唯有宁静，才能安定身心。当我们把心静下来时，平时所想不到的问题往往就可以想到，我们不必在人我是非的小圈子中打转，因为在烦恼喧哗的外在世界里是无法解脱的。人生真正的富有也藏在宁静中。没有宁静生活的人生，会迷失方向、忘记自己，只有懵懵懂懂，任人牵着鼻子走。所谓“自觉心安，东西南北都好”，当我们或坐或站都觉得不称心遂意，是因为内心浮躁不安，不能平衡。宁静能使人心安，并使瞋恨心调伏。

长乐先生：宁静的心境来自平衡的生活。我很想告诉现在的年轻人，要永远保持一颗自由的心灵。有了自由的心灵，才永远有生活的朝气、思想的活跃和对理想的不断坚持。

星云大师：禅宗二祖慧可，不惜断臂求法，只为了想知“身心安住”之道；六祖惠能，由于一句“应无所住而生其心”顿开茅塞，看见自家面目。第二次世界大战期间，有人问杜鲁门总统，如何在任务繁重和心理压力之下，仍能保持镇定的心情？他说："我心里有个安全的避风港。"可见，"身心安住"是圆满生命、拥有快乐人生的关键。

法院里的法官出庭审案，称为"过堂"；佛教中的僧侣到斋堂用餐，也叫"过堂"。所谓"过堂"，就是不能久居久留，只是一时的拥有。就如人到世界上来，从生到死，数十年岁月寒暑，也只是经过而已，通过了生老病死的过程，空空而来又空空而去。所以说人是宇宙的过客，一点也不错！既然如此，有什么不能"放下"的呢？

人之所以不能安顿身心，是错把身心住在人我是非中，因而忧虑苦恼；住在患得患失中，老是比较计较；住在恐惧颠倒中，寝食难安。以上等等，致使每日的生活凄凄惶惶，惴惴不安。

人的身心应该安住在社会里，奉献群众，帮助士农工商得以维持运转；吾人的身心应该安住在自然法则里，尊重生命，顺天而行；吾人的身心应该安住在慈悲法喜、真理满足中，才能享受祥和宁静——你曾有此"身心安住"的妙用吗？

经典说我们的心"念念如瀑流"，一般人将身心安住在五欲声色里，圣者贤人安住在清净法乐里，而菩萨则以示教利喜为事业，以清净无染为安住。

◎素食与慈悲

长乐先生：现在很流行素食文化，很多人借助素食来保健、美容。根据医学研究，素食有益身体健康，而且可以培养耐力，养成温和的性格。

星云大师：一些吃素的老和尚，他们每天早起到晚，整天莫不精神奕奕，究竟原因何在？素食最主要的是长养慈悲心，从心灵的净化来减少瞋怒，达到内心的安然、祥和。

对于西方素食文化，据我所知，在美国有一个市区只准卖素的不准卖荤的，他们不是佛教信徒，全然是基于健康的立场而推广吃素。

佛教虽然最早倡导素食，但是最初佛陀时代并非素食，因为当时是靠“沿途托钵”的方式乞食，信徒给什么就吃什么。中国佛教之所以提倡吃素的原因有二：儒家所谓“见其生，不忍见其死；闻其声，不忍食其肉”。佛教经典中提到，要不断大悲种，慈悲而不杀害动物生命。

另外有人说，植物也有生命，也有感情，若说不杀生，应该既不杀动物，也不杀植物才对。其实植物的生命是“生机”，生长的机能的意思，跟生命不同。生命是“有心”，你看猪、马、牛、羊要被宰杀的时候，会产生恐惧；而植物是“无心”，虽有生死的反应，但没有苦乐的感觉。所以杀生的界定，在于是否“有心”与“无心”。另外，吃素，除了出自慈悲心之外，最重要的就是尊重生命。

长乐先生：大师，您从小就是素食者？

星云大师：是的。我从小生长在乱世里，家乡经济非常落后，在粮食极为短缺的当时，我吃过麦渣糊粥，我以地瓜当饭，每天三顿，吃得都怕了起来。十二岁出家后，寺里仍是以稀饭代替干饭，经常一个月吃不到一块豆腐，或一些素菜。有些豆腐渣我们拿到锅里去炒炒，如果没有柴火，就放在外面晒晒，有时连麻雀也来吃，甚至还留下大小便，所以等到要吃的时候，往往会有蛆虫在里头，不过总好歹也有点咸味。很多年过去了，也没生多大的病。我在想，大概是我们每天吃饭前都要念供养咒，有佛祖的加持保佑吧。

长乐先生：前些日子，网上流传一段视频，据说是香港来广东旅游的游客拍的，叫“活鱼三十吃”，那鱼身子已经被煎熟，可是头还是活的，用筷子动动，腮还在一张一合的。

星云大师：一些人吃荤吃肉，吃出这些个花样来，活鱼三十吃、海鲜十吃等变态的吃法，就会让人养成变态的心。

有时父母带小孩子出去玩的时候，都会弄些小螃蟹、小鱼给孩子玩，有的还会把鱼倒吊起来，有的甚至将螃蟹壳剥开，一直虐待到死。这会让孩子从小就不尊重生命，不知生命可贵，将来长大以后对人也会不尊重，甚至杀人之类的恶行都会引发出来。

所以我觉得，今天的家庭教育首先要让孩子尊重生命，让儿童爱惜生命，才能改善未来的社会风气。尤其父母要养成孩子从小尊重生命，爱惜小生命、小动物的习惯。

佛教并不鼓励人一定要吃素，却主张不要杀生；可以买现成的来吃，但自己不要去杀生。

我吃素几十年来,深刻觉得吃素比吃荤好。吃素的人会慢慢减轻杀业。现今台湾社会杀业好重，令人感到忧心。尤其猴脑蛇胆生吃活烧，如此杀生造业，社会风气怎么会善良美好呢？

长乐先生：现代人很多是“无肉不欢”，其实医学讲究人应该多吃一点素，甚至应该每年有几个月只吃素，这样更利于身体的净化，就是很多人口味不适应。

星云大师：可以以渐进的方法来吃素，比如选择初一、十五或六斋日吃素，或平日只吃肉边菜、三净肉也可以。什么叫肉边菜呢？禅宗六祖惠能大师顿悟之后，为了避开四处争夺衣钵的人，在猎人队中藏身了十五年之久。逢到猎人们把打来的野兽升火煮食的时候，惠能大师就到荒山野谷找些可以吃的树叶、野菜回来，放在锅里煮；人家笑他有肉不吃，他就说：“我只吃肉边菜！”因此，惠能大师才是真正懂得吃素的意义，真正懂得修行的人。

所谓真正的慈悲，不一定是在形式上吃什么，不能吃什么，素食的意义是不断大悲种，因此，学佛不只是吃素而已。而“三净肉”就是没有见到杀生、没有听到被杀声音、不是特地为我而杀的肉，这就叫做“三净肉”。

长乐先生：我吃过一些素斋，店家很聪明，把许多素食食品都加工成鸡鸭鱼等样子，味道也很像，这样既是吃素，又解决了口味的问题，很受大众欢迎。

星云大师：把素菜制作成荤菜的样子，我一度非常反感，总认为吃素是为了长养慈悲心，如果以吃荤的心理来吃素，并不究竟，所以我每次看到餐桌上有素鸡、素鸭、素鳗、素肉、素火腿、素乌鱼子等，都一概拒吃。但有一天，我看到信徒爱吃不已的样子，突然想到：初入佛门的人一时之间无法革除宿习，所以有这种需要，只要我自己心里面没有鸡鸭鱼肉就好了，何必要厌恶呢？所以这样的呈现方式可以不用管他，不过有些素菜过分把菜做成像荤的味道，这个就没有必要了。

我有一次到日本，信徒煮一碗面给我吃，一吃，哎呀！腥味扑鼻，怎么会有如此腥味？不过由于是信徒特别辛苦招待的宴客，于是我就闭住气把面硬是吞进肚子。后来我才知道，日本人有个习惯，会把小鱼熬成的酱油和在面里调味。我这样有罪过吗？我相信我不是吃荤，我还是吃素。

有些人吃素，一定讲究所使用的锅盘都没煮过肉类，这是不对的想法，吃素不是作怪。我觉得心中清净才是最重要。所以我们吃素的人，千万不要造成别人的麻烦与负担。

◎圣人之道为而不争

星云大师：我每去香港，深感香港大地负担太沉重，因为香港地少人多而需要建筑高楼。其实，香港需要游客，更需要绿地的净化；香港需要外在的开发，更需要人人建设内心。

世间所产生的一切问题，都是“人”所制造出来，须靠人类自我觉醒。人类的觉醒，要从惜福、惜物、惜生、惜情做起。现今举世各国因应“能源危机”，首要“开源节流”。如何开源？要开佛法之源，因为有佛法就有慈悲，就有智慧，就懂惭愧、感恩，进而能欢喜、勤劳、感动等。至于“节流”，即要节省用钱，节制贪欲瞋心。虽处在富裕的社会，能随手关灯、多使用再生纸、利用资源回收等，就能做到开源节流。

佛光山开山之初，许多人来参观，离开后常常留下不少垃圾，因为垃圾不能随便丢弃，我们就请乡公所来处理，乡公所说一个月要收一百多万元。我心想游客来佛光山留下的这些垃圾，竟然要花费一百多万的处理费，实在划不来。于是我就叫两位职事发心做垃圾分类，然后卖给有关的机构作废物再利用。一直到现在，我们不但不用给乡公所一百多万元，资源回收所得，一个月平均还有三十万元左右呢！

另外，佛光山在台湾中部有一间道场，名为福山寺，这是信徒们整整花了十年累积资源回收的款项盖成的。当初任职当地的法师，带着信徒在大街小巷设置回收点，不眠不休地从事回收工作。虽然资源回收所得不多，但是聚沙成塔，也能一点一滴累积成建寺经费。这是我们善用环保的概念所建成的寺院，原本打算取名为“环保寺”，后来想想寺院的名称要有久远性，还是叫“福山寺”，也符合环保是有“福报如山”之意。

长乐先生：“资源回收”本身就是一种惜福、环保的行为；以资源回收所得用来建寺院、建大学，更具修福修慧的双重意义！

中国湖北黄石有位捡垃圾的美国老头，是位博士，当过总统顾问。他随中国老伴到黄石定居后，发现人们乱扔垃圾，他就到处捡。有时前面的妇女边走边扔橘子皮，他就跟在后面捡。媒体采访他，他说，黄石是我的家呀，我爱护自己的家是很正常的呀。这种自觉的环保意识我们还很欠缺。

星云大师：所谓环保，从居住环境的保护到自然生态、整个地球的保护，都属于环保范围。广义而言，更包含了我们的语言、身体、观念、思想等的心灵环保。

地球是我们居住的世界，它是虚空中的一个大宇宙。我们的身体，则是一个小宇宙。一般人对自己这个小宇宙的身体比较重视，比较勤于保护，进而对家居、周围环境的维护，也会注意，但对于生态、宇宙的环保，总觉得与自己的关系遥远，而忽视不在意。

佛教认为宇宙世间一切森罗万象，都是地、水、火、风“四大”元素组合而成。如果没有大地的普载，我们要安住在哪里？没有雨水的滋润，我们怎么生活？没有阳光的温暖，我们又怎么活下去呢？甚至风，也就是空气，对我们的生存更是重要。

我们的身体也是靠四大和合来维持生命，人体的毛、发、爪、齿、皮、骨、筋、肉，是坚硬性的地大；涕、唾、脓、血、痰、泪、津，便是潮湿性的水大；温度、暖气是温暖性的火大；一呼、一吸是流动性的风大。所以佛门里有时见到人会问候：你四大调和否？同样地，对于我们生存的地球，我们也应该关心地、水、火、风四大是否调和？因为不管大宇宙的地球，或小宇宙的身体，如果四大不调，就很麻烦了。

我们人类使用地球，但并不是拥有整个地球。在一百五十年前，美国一位印第安酋长西雅图，就说了一句震撼世界的名言：“地球不属于我们，我们属于地球；我们人类只是蜘蛛网中的一丝一缕罢了。”

《菩萨睒子经》说，睒子菩萨“履地常恐地痛”，他每走一步路，都不敢用力，怕踩痛了大地；每说一句话都不敢大声，怕吵醒了熟睡的大地；他不敢乱丢一点东西在地上，怕污染了大地。睒子菩萨如此爱护大地，不也是在启示人们要懂得重视环保？

为什么要重视环保、爱护大地呢？因为世间的一切都和我们有关。自私的人只关心自己，如果把爱心稍微扩大，就会进一步关心家庭、关心社会、关心国家，甚至关心普世的大众与地球。所以，环保应从“心灵”做起，心灵健全，有慈悲的环保意识，世界就得救了。佛法也明示情与无情都是“此有故彼有,此无故彼无”的同体共生关系。在迁流不息的转变中，即使极小的尘埃都与环境有微妙的关系，我们对于内心的尘垢，固然要努力消除、转化，对于外在的污染，也应唤起群体意识，力行环保，才能重新建立一个身心、内外都清净美好的世界。

长乐先生：最近,大师方面与凤凰卫视合作拍摄了一部环保专题片《地水火风 缘起再生——人类的地球》，以气候问题为主轴，展开一个全球环保的视野舞台。大师说我们的地球病了，要给地球治病。佛教讲构成地球的四大要素是地、火、水、风，现在这几个要素都出了问题，我们都要调。

星云大师：除了有形的、看得见的环保，我还要强调我们思想、身体、观念、心灵的环保。佛陀告诉我们要奉行“八正道”,八正道的第一条就是“正见”。正见是远离颠倒邪见的正观，是如实了知世间与出世间因果的智慧。正见好比我们照相，如果光圈、焦距没有调好，照出来的相片就不会清晰好看，所以正见就是思想的环保。另外，我们常常保持微笑，维持良好风度，讲话得体，不恶口、不两舌，即是做到语言和身体的环保。

心中没有烦恼，没有怨恨、嫉妒等情绪，便是良好的心灵环保。每个人都可能影响社会大众，有些人语言不清净，行为不正派，常常欺骗别人，让人吃亏上当；由于个人没有重视自己身心的环保，使得家庭、社会也都不能和谐了。

具体响应环保运动，我们在生活中可以力行的，除了前面所言的家庭用水、用电要节约，不浪费消耗性的物品，如卫生纸等，我们购物时，要购买耐久而非随手可丢弃的物品，如陶质茶杯、餐具、可换刀片的刮胡刀；家庭用品可以到批发商大批购买，或买大箱的洗衣粉、浓缩可稀释的洗洁精，尽量减少包装的浪费；优先选用可回收的玻璃和金属容器；组织请愿团，要求当地商店、超级市场减少包装及塑料品的使用，等等。

工作上，尽可能回收办公室的丢弃物，如信件、便条纸、影印纸、报纸、纸箱、铝罐、玻璃瓶罐、塑料、X光片、电池、铁丝、铅、铁、铜器……利用电子邮递以取代信纸，公告或便笺尽可能采取传阅方式，减少复印数量，文件尽量两面复印，以及捐赠废弃的家具、办公设备给需要的机构等，都是一种实际的环保行动。

水，是生命不可缺少的养分，但是饮用水的安全性已是全球严重的问题。其实，地下水的污染大都来自于人类的活动，这些活动包括垃圾掩埋、农作及草地维护、化粪池、地下水池、意外泄漏等。除了工业界，家庭的许多清洁剂如水槽、浴厕之清洁剂，去污剂、除油剂、去漆剂等，也都含有污染性的化学药品。这些化学残留物进入地下水，流入饮用水井、厨房水龙头；有些化学残留物连同泥沙被冲蚀到河川，为河流中的幼虫、鱼类食用，鱼类再被其他动物和人类果腹。于是，我们人类制造污染，也自食恶果，接受食物链的残害。所以，关心水资源，我们应尽量减少清洁剂、杀虫剂的使用。

另外，虽然在1996年全世界就已禁止使用氟氯碳化物，但是，大概要等到一百年，大气层中的氟氯碳化物才会消失。为了拯救臭氧层，不让它继续恶化，我们要避免购买含氟氯碳化物的物品，如保丽龙餐具及其他制品；汽车、冰箱、冷气也都含有氟氯碳化物，要时常检查是否有泄漏。

长乐先生：我们为大自然付出，大自然会以十倍百倍的美好回报我们。

老子说，圣人之道，为而不争。圣人总是给予别人，但他越给予得多，自己得到的也越多。而自然的法则，是有利万物而不加以损害；圣人处世，是努力做好自己的事，从不与大自然和他人争利。

一个人的爱心愈丰富，助人的能量就愈大。就像《罗密欧与朱丽叶》中的朱丽叶，她的爱就像大海，给予的越多，得到的也越多。

（全文完）

图书在版编目（CIP）数据

包容的智慧Ⅱ．修好这颗心/星云大师，刘长乐著．—南京：江苏文艺出版社，2010.7

ISBN978-7-5399-3902-5

Ⅰ.①包… Ⅱ.①星…②刘… Ⅲ.①人生哲学－通俗读物 Ⅳ.①B821-49

中国版本图书馆CIP数据核字（2010）第136324号

上架建议：大众读物·人生哲学

包容的智慧Ⅱ——修好这颗心

著　　者：星云大师　刘长乐
责任编辑：刘　霁
出版策划：张　林
特约编辑：王　静
封面设计：尚书堂
版式设计：利　锐
出版发行：凤凰出版传媒集团
　　　　　江苏文艺出版社　http://www.jswenyi.com
集团网址：凤凰出版传媒网　http://www.ppm.cn
印　　刷：北京鹏润伟业印刷有限公司
经　　销：新华书店
开　　本：787×1092　1/16
字　　数：180千字
印　　张：13.75
版　　次：2010年10月第1版
印　　次：2013年5月第14次印刷
书　　号：ISBN 978-7-5399-3902-5
定　　价：35.00元